古内一絵

女王さまの夜食カフェ

マカン・マラン ふたたび

KAZUE FURUUCHI

中央公論新社

目次

女王さまの夜食カフェ　マカン・マラン　ふたたび

装画　西淑
装幀　鈴木久美

第一話

蒸しケーキのトライフル

第一話　蒸しケーキのトライフル

毎朝必ず、アラームが鳴る前に眼が覚める。

枕元のデジタル時計を手に取り、西村真奈《にしむらまな》は小さな溜め息をついた。起床時間までは後二十分ほどある。だがここで二度寝してしまったら、今度はアラームが鳴っても起きられないかもしれない。

今潔《いさぎよ》く起きることができれば、いつものように焦って身支度をしなくて済むだろう。普段滅多に食べない朝食だって、食べることができる。頭ではそう分かっていても、やはり真奈は布団から出ることができなかった。

二月の寒さのせいでもあるし、熟睡感の乏《とぼ》しい断片的な睡眠ではちっとも解消しない全身のだるさのせいでもある。

それに――。心の奥底のどこかに、今日一日のスタートを遅らせたいという気持ちがあった。自らの体温でぬくもった毛布《もうふ》にくるまれながら、真奈は小さく身じろぎする。このまま、一日中こうして布団の中でまどろんでいられたら、どんなにいいだろう。

思えば、わくわくしながら朝を迎えたことなど、自分にはずっとなかった気がする。

小学生の頃から、朝は苦手だった。遠足や、運動会や、一部の子供たちなら喜びそうな行事のときも、やっぱり布団から出たくないと思った。

そのときふいに真奈の心に、おばあちゃんの家の縁側《えんがわ》で、ひとりで遊んでいた幼少期の記憶《きおく》が甦《よみがえ》った。

もともと東北で暮らしていた父方の祖母は、祖父が亡くなってから、真奈の家の近くにひとりで住んでいた。母が出かけるとき、幼い真奈はいつも祖母の家に預けられた。

祖母は無口だが、とても優しい人だった。中庭に小さな菜園を作り、いつも花や野菜の世話をしていた。

祖母が畑仕事に精《せい》を出している間、真奈は縁側に座って絵本を眺めているのが好きだった。緑の葉が整然と並ぶ畑。掘り返される土の匂い。モンシロチョウの飛ぶ、陽《ひ》だまりのような小さな庭。

特別なにかを話すことはなくても、すべてが満ち足りていた。

あのとき、たった四歳になったばかりの自分が考えていたことを、真奈は今でもはっきり思い出すことができる。

ずっとおばあちゃんの傍《そば》で、こうして、ひとりで静かに遊んでいられたらいいのに。

なのに、どうしてママは、〝お友達を作らないとね〟と言うのだろう。

母から無理やり幼稚園に引っ張っていかれるたび、真奈は毎朝、眼が溶けるほど大泣きした。

〝真奈ちゃんと遊んでも、面白くなーい〟

大声でそんなことを言ってくる〝お友達〟がいる、幼稚園なんていきたくない。

おばあちゃんはなんにも言わないけれど、真奈のことならなんでも分かってくれる。無理に外へ遊びにいけとも言わないし、何時間同じ絵本を眺めていても、静かに見守ってくれている。

なにもかもから守られて、手放しで幸福に浸っていられた、ほんの一瞬の時間。

心の底から安堵《あんど》していられたのは、あのひとときだけだった気がする。

その祖母も今は亡くなり、中庭のある家も、人手に渡ってしまった。

そこまで考えて、真奈はなんだか寂《さび》しくなった。おばあちゃんが恋しかった。もっとしっかりしなければいけない。こんなことでは、亡くなったおばあちゃんを心配させてしまう。

社会に出て六年も経《た》つ今ですら、自分は未《いま》だに幼少期の感覚を引きずり続けている。己の体温にいつまでもくるまっていたいのは、孵化《ふか》したばかりの養殖《ようしょく》の稚魚が培養液《ばいようえき》の温かさを恋しがっているのと同じことだ。

群馬《ぐんま》県高崎《たかさき》市の実家を出て上京したのは自らの意思だ。それにもうすぐ真奈は二十七歳になる。充分、〝アラサー〟と呼ばれる年齢だ。

はたと我に返り、真奈は布団から腕だけを出して再びデジタル時計を手に取った。

途端に、ぎょっとして跳《は》ね起きる。

無意識のうちにアラームを解除してしまっていたらしい。時計の針は、起床時刻を十五分も過ぎていた。

遅刻なんかしたら、なにを言われるか分からない。

ただでさえ、正月明け早々インフルエンザにかかり、先月一週間も休んでしまったのだ。休み明けのオフィスでのきまり悪さときたら、高熱で苦しんでいるとき以上につらかった。

カーテンもあけずに洗面所に飛び込んで顔を洗う。

洗顔フォームを洗い落とすと、水滴の飛び散った鏡に、浮腫《むく》んだ顔が映《うつ》った。仕上げに冷たい水を目蓋《まぶた》にかけてみたが、頭の芯は鈍く痺《しび》れたままだ。

無理もない。昨夜も寝たのは午前二時過ぎだった。たいして面白くもない深夜テレビをだらだらと見ながら、延々SNSに流れるツイートを追っていた。

周囲に流されるように、必要もないSNSを始めてしまってから毎晩こうだ。流れてくるツイートが自動送信のBOT《ボット》や、プロモーションばかりになって、ようやく自分のバカさ加減に我に返る。

そのときは激しい自己嫌悪を覚えるのに、どうして毎晩、同じことを繰り返してしまうのだろう。おまけに、やっと布団に横になっても、ぐっすり眠れたためしがない。

ローションシートを顔に貼りながら、真奈は冷蔵庫からミネラルウォーターを取り出した。流行のスムージーを作ろうと勢いだけで買ったミキサーは、未だ新品のまま流しの脇に放置されている。

とりあえず、冷たいミネラルウォーターを空っぽの胃に流し込み、シートをはがした顔に美容乳液を塗《ぬ》り、慌《あわ》ただしく着替えを始めた。

黒タイツに、タイトスカート。袖にゆとりのあるバルーンスリーブのブラウスを着て、ストライプ模様のテーラージャケットを羽織《はお》る。

典型的なOLのファッション。

鏡に映る自身の姿を見ながら、真奈はなんだか自分を誰かの偽物のようだと思う。

だが物思いにふけっている暇《いとま》などない。

化粧をし、髪を整え終えたときには、もうぎりぎりの時刻になっていた。防寒用のショールを体に巻きつけ、ブーツに足を突っ込み、外に飛び出す。

いつも、こうだ。ここ数年、変わることのない毎朝のどたばた。

けれどもしかしたら、こうして切羽詰まった状況を作り出さなければ、自分は新しい一日を始めることができないのかもしれない。

駅へと続く商店街を小走りに通り過ぎながら、真奈は密かにそう思った。

駅のホームは通勤の人たちでごった返していた。

急行を待つ人の列に並びながら、真奈はジャケットのポケットから取り出したマスクで顔を覆《おお》う。見れば、老若男女にかかわらず、周囲のほとんどの人たちがマスクをつけている。

インフルエンザと花粉症の予防のためだろうが、冷静に考えると、なんだか異様な光景だ。マスクをつけた大勢の人たちが、そろってうつむき、一様に手元の携帯《スマホ》をいじっている。

新線の急行が停まるようになってから、この街は随分変わった。

真奈がここに越してきた当初は、もう少し素朴な郊外だったのに、ここ数年で駅前の開発が急ピッチで進み、南口を中心にショッピングモールの入った大きな駅ビルや、高層マンションが次々と建てられた。

便利になった半面、いきかう人が増え、却《かえ》って街は狭くなった気がする。

ホームに滑り込んできた急行は、既に満員状態だった。

降《お》りる人はほとんどおらず、出入り口に陣取っている人の中に、真奈は無理やり自分の身体をねじ込んだ。着ぶくれた人の背中をかき分けて奥に入ると、ようやく息のできる空間に出た。

毎朝、不思議に思う。どうして出入り口付近に固まっている人たちは、降りる駅が近いか否《いな》かにかかわらず、頑《がん》としてそこから動こうとしないのだろう。

専門学校に入るために上京したばかりの頃、真奈は満員電車が本当に苦手だった。通学のたび、見知らぬ人たちと密着しなければならないことが信じられなかった。

だから都会の人たちは、いつしかこんなにもマスクをつけるようになったのだろうか。ウイルスや花粉以外からも、自分自身を守るために。

吊革につかまり、真奈はキャリーバッグのポケットからスマホを取り出した。

〝満員電車きつい〟〝まだ火曜って、超ブルー〟

SNSを開けば、自分と似たような境遇のツイートが流れてくる。それを眼で追っていると、馴れ合いに似た安堵感に囚われた。

〝いってきます。今日も一日がんばります〟

真奈は敢《あ》えて前向きな言葉を打ち込んだ。暫《しば》し、「通知」のベルマークをじっと見つめる。だが、今日も誰からも反応はない。ツイートは呟《つぶや》き――独り言なのだから、別に気にする必要はない。そう自らを慰《なぐさ》め、真奈は再び、次々と流れてくるツイートに眼をやった。

見知らぬ人たちと密着することを嫌悪しながら、どこにいるのかも分からない見知らぬ人たちの〝独り言〟に眼を凝《こ》らす。恐らくこの電車に乗っている人の大半が、自分と同じことをやっている。よくよく考えると、やっぱりどこか異様な状況だ。

いくつかのツイートをリツイートしたり、「いいね」のハートマークをタップしたりしているうちに、乗り換えの駅が近づいてきた。出入り口に向かって移動する前に、真奈は未練がましく、ベルマークに視線を走らせる。依然として誰からも反応は返ってこない。

最初に覚えた安堵感の次に、微《かす》かな疎外《そがい》感が湧き上がるのはいつものことだ。その小さな不安に脅《おびや》かされ、益々《ますます》ツイートから眼が離せなくなってしまう。

やがて電車は、地下鉄の乗り換え駅に到着した。

スマホをバッグのポケットに押し込み、真奈は出入り口に陣取っている人たちの中に割り込んだ。

ドアが開くと同時にどっと押し出され、マスクをした人の群れと共に、真奈は地下鉄への連絡通路を足早に歩き始めた。

地下鉄からの長い階段を上り、地上に出ると、重く垂れ込めた空から小雨が降り始めていた。真奈は折り畳《たた》み傘《がさ》を取り出した。内側に花柄がプリントされた晴雨兼用の傘を、真奈は毎日持ち歩いている。整然と続く並木道を、黒い傘を差したスーツ姿のサラリーマンと、カラフルな傘を差した若い女性たちが闊歩《かっぽ》していく。

新しい勤め先が丸《まる》の内《うち》になったとき、真奈よりも、むしろ母のほうが喜んだ。

〝これで真奈ちゃんも、丸の内ＯＬになったのね〟

高崎から出たことのない母は、眼を輝かせてそんなことを言っていた。

母が美容院でいつも読んでいる女性週刊誌の情報によると、丸の内のＯＬは、新橋《しんばし》、渋谷《しぶや》、新《しん》宿《じゅく》に勤めるＯＬに比べ、年収が高く、勤務時間は短く、結婚率が高いというデータがあるらしい。

〝つまり、勝ち組ってことなんだって〟

母のはしゃいだ声を思い出し、真奈は小さく苦笑する。

確かに、銀杏《いちょう》並木が整然と続く街路は綺麗《きれい》だ。皇居《こうきょ》の緑も近いし、お洒落《しゃれ》な噴水のある広々とした公園もある。

だが、ここで働くことイコール勝ち組という考え方は、あまりに短絡的すぎる。

なぜなら、そのデータには裏がある。

丸の内に本社を構える大企業で事務職についている女性のうち、正社員はほんのひと握りに過ぎない。後の大多数は、真奈を含め、子会社の人材登録会社から派遣《はけん》されてきている派遣社員だ。

派遣であれば残業はないし、ボーナスや退職金がない代わりに、時給は少々上乗せになる。初年度の年収だけを比べれば、同世代の正規雇用者を上回ることもある。しかしそれは、任期が満了すれば、いつでも簡単に放り出される不安定さと引き換えの代物だ。結婚率が高いのも、将来の雇用の不透明さに対する、恐れと焦燥《しょうそう》感に後押しされてのことだろう。

要するに、ただそれだけのことだ。

強いビル風にあおられ、真奈は身を縮める。華奢《きゃしゃ》な傘が飛んでいってしまいそうだった。

周囲は、重い雲が垂れ込める空にそびえる、硝子《ガラス》張りの高層ビルばかりだ。その高層ビル群の中でも最も大きな真新しいビルの玄関に、真奈は歩を進めた。

真っ白な床のロビーの中央に、改札口のようなゲートがあり、その両端に屈強な守衛が立っている。同世代のパンツスーツの女性が真奈を追い越し、社員IDをゲートの端末にタッチすると、慌ただしく奥のエレベーターホールに消えていった。

真奈もバッグからIDを取り出す。

しかし、真奈がIDをタッチするゲートはここではない。クレヨンで描《か》いたような化粧の受付嬢が並ぶ来客用ゲートを通り過ぎて、更に奥。高層階に昇るエレベーターホールにつながっていない、一角がある。

守衛に護《まも》られていないゲートにタッチし、真奈はリノリウム張りの廊下を進んだ。ここからは、構造上、地下にしかいけないようになっている。真奈の職場は、天空にそびえる硝子の城には位置していなかった。窓ひとつない、地下の一室。

そこが、情報サービス会社の個人情報を管理する、真奈が派遣されている職場だった。

IDをタッチして扉をあけ、タイムカードを押す。出勤時刻の五分前だ。

オフィスを見回し、そこに中島美知佳《なかじまみちか》の姿を見つけたとき、真奈は背筋《せすじ》が冷やりとした。

「おはようございます」

できるだけ明るい口調で声をかける。

「おはよう」

首元にスカーフを巻いた美知佳は、真奈を一瞥《いちべつ》した。

「今日もぎりぎり間に合って、よかったねー」

真奈は一瞬、口元を強張《こわば》らせる。口調は明るいが、美知佳の眼は笑っていない。

「雨で電車が遅れちゃって……」

しどろもどろになった真奈に、美知佳は相変わらず明るい口調で畳みかけてきた。

「そうしたら、西村さんのところは、毎朝、雨が降ってるんじゃない？」

周囲から、忍《しの》び笑いが漏れる。真奈は頬《ほお》に血の気が上るのを感じた。

「ま、それでもちゃんと身支度してくる西村さんはまだいいよ。鶴見《つるみ》なんて、すっぴんでやってきて、三十分は化粧室から出てこないからね」

美知佳は鼻を鳴らし、鶴見綾乃《あやの》のデスクを顎《あご》で示す。真奈の隣の綾乃のデスクには、トートバッグが無造作に放り出されたままになっていた。

矛先《ほこさき》が綾乃に向いたことで、真奈は内心ほっと胸を撫《な》で下ろす。同時期に派遣されてきた鶴見綾乃は年齢も近く、真奈にとっては同期のような存在だ。

少しぽっちゃりした色白の綾乃は、よく言えばおっとりとしていて穏《おだ》やかだが、悪く言えば、気が利かなくて鈍い。いつの間にかこの職場では、綾乃をお荷物のように扱う雰囲気が生まれていた。

ふと、「鶴見」と冷たく呼び捨てた美知佳の声が、頭の片隅に木霊《こだま》する。陰《かげ》では、自分も間違いなくこんなふうに呼び捨てにされているのだろう。

〝西村、毎朝遅いんだよ〟

〝本当、本当、いっつもぎりぎりだよねー〟

ボスの憤慨《ふんがい》に、取り巻きが同調する声まで聞こえてくる気がした。

年齢だけで言えば、三十代半ばの美知佳は決して最年長というわけではない。もっと年上の人たちはたくさんいる。

けれど現在この部署で働く女性ばかりの派遣社員の中で、美知佳は一番の古株《ふるかぶ》だ。どういう手を使ったのかは知らないが、労働者派遣法が改正される前から、もう五年も同じ部署で働き続けているという。

オフィスの中央のデスクに陣取っているその姿は、一年ごとに入れ替わるたったひとりの男性社員である課長より、よっぽど威圧感がある。

真奈がパソコンの電源を入れていると、美知佳がおもむろに立ち上がった。

恐らく給湯室《きゅうとうしつ》にいくのだろう。真奈がくる以前、派遣社員が自分のデスクでお茶やコーヒーを飲むことは禁じられていたらしいが、それを美知佳が労働組合にかけあって改善させたのだぞうだ。

〝派遣を舐《な》めるなって話だよ〟

ランチの席で、真奈は美知佳から、たびたびこの武勇伝を聞かされた。

何度同じ話を繰り返されても、美知佳を囲む派遣社員たちは、毎回同じところで笑い、同じところで、美知佳の勇気を褒《ほ》めたたえるのだった。

肩にかかる巻き髪。光沢のある花柄のブラウスに、ピンクベージュのタイトスカート。赤文字系ファッション誌から抜け出してきたような、いかにも丸の内ＯＬ然としたその後ろ姿を眺めながら、真奈ははたと思い当たる。

誰かの偽物のようだと思った、鏡に映った自分の姿。

一瞬、〝擬態《ぎたい》〟という言葉が脳裏をかすめる。

この職場に通うようになってから、真奈は無意識のうちに、美知佳のファッションを踏襲《とうしゅう》するようになっていた。


私語の禁じられたオフィスでは、粛々《しゅくしゅく》と時間が過ぎる。

真奈はパソコンの画面を見つめたまま、情報サイトに登録してくるユーザーの個人情報をひたすらファイルに落とし込んでいく。真奈が担当しているのは、若い女性をターゲットにしたプラットフォームのデータベースだ。

興味のある分野。美容、グルメ、トラベル……。メールマガジンの要不要。ユーザーが打ち込んでくる情報とパスワードを保管し管理する。面倒なだけで、難しいことはひとつもない。

おおもとのシステムはシステム部のエンジニアたちが組んでくれるので、真奈たちはマニュアルに則《のっと》って、データを打ち込んでいくだけだ。そのマニュアルも、半日あれば、簡単に覚えられてしまう。

ひたすらに繰り返される単純作業。頭を使う必要はないが、何時間も同じ姿勢でパソコンのブラウザを見つめていると、眼がかすみ、肩と首の付け根ががちがちに硬くなる。マウス操作のせいか、真奈は最近、右腕の痺れを感じるようになっていた。

いかに単純作業であっても、扱っているのは絶対に流出させるわけにはいかない個人情報だ。そのため、真奈たちは外部から遮断《しゃだん》されたこの部屋で、他部署の社員との交流もなく、一日中パソコンに向かっている。そのパソコンも、必要ページ以外には一切つながらないようになっている、文字通りの端末だった。

真奈がこの職場に派遣されてきたのは、丁度《ちょうど》一年前だ。

専門学校を卒業した直後、真奈はインターン制度で研修を受けたWEBデザイン会社に就職した。〝遣《や》り甲斐《がい》〟を鼻先にぶら下げられ、しばらくの間は馬車馬のように働いたが、三年目の春に、顎から首にかけてびっしりと帯状疱疹《たいじょうほうしん》ができ、さすがに怖くなって会社を辞めた。どれだけ通院しても、どんなに薬を飲んでも決して治らなかった帯状疱疹は、会社を辞めた途端、きれいさっぱり消えてしまった。

それ以降は、アルバイトをしながら職探しをしたが、正社員枠はなかなか見つからず、結局派遣会社に登録することになった。

一応、WEBデザインができるという触れ込みでこの職場を紹介されたのだが、そうしたスキルを求められたことは、今のところ一度もない。

でも、これでよかったんだ——。

マウス操作を続けながら、真奈は頭の片隅でぼんやり考える。

だって私には、〝本当にやりたいこと〟なんて、結局見つからなかったんだもの。

WEBデザインの会社にいた頃も、どの仕様が一番効果的かは実のところよく分かっていなかったし、独自の判断も創意の工夫もできなかった。顧客の要望に振り回されていただけの自分は、デザイナーでもなんでもなかったと思う。

だから、こうして単純作業で時間を埋めていくだけの仕事でも、たいして苦にはならない。給料をもらうためと割り切ってしまえば、おおかた問題はない。

ただ――。

正午を知らせるチャイムが鳴り響き、真奈はびくりと肩をすくめた。

さっさと端末の電源を落とし、美知佳が立ち上がる。

「さあ、いくよ、いくよ」

遅れてはならじとばかりに、周囲の女性たちも一斉にブラウザを閉じ始めた。真奈も慌てて一連のデータを入力する。ここでぐずぐずしたりすると、これからの一時間、針の筵《むしろ》に座ることになってしまう。

ところが、隣の席の綾乃がまたしてももたついている。見れば、「あれ？」と首を傾《かし》げながら、何度もマウスをクリックしている。どうやら、ひとつの処理が終わらないうちに変なところをクリックしたため、画面が固まってしまったようだ。

財布の入ったポーチを持った美知佳たちは、白け切った眼差《まなざ》しで綾乃を見ている。

なんでこんなに要領が悪いのだろうと、真奈ははらはらした。「地下組」の自分たちが高層階にある社員食堂を利用するためには、中央ゲートのセキュリティーをかいくぐらなくてはならない。そして、その代表ＩＤを持っているのは美知佳なのだ。

毎日のことなのに、なぜか綾乃はこうした局面にくると、わざとではないかと勘繰りたくなるほどぐずつく。見かねて真奈は手を出したが、結局は強制終了するしかなかった。

「後で打ち込みやり直しかな」

「データは残っていると思うから、きっと大丈夫だよ」

呑気《のんき》な声をかけてくる綾乃に、真奈は小声で答える。

「ゆとり……」

誰かが吐き捨てるように呟いた言葉が、耳朶《じだ》を打った。

「ほら、いくよ！　ただでさえ休み時間は短いんだから」

美知佳の号令に、今度こそ全員が後に続いた。

女性誌から抜け出てきたような華やかなOLファッションの美知佳を先頭に、女性ばかりがぞろぞろと大移動を開始する。他部署の社員の間では〝派遣大名行列〟と揶揄《やゆ》されているらしい。

IDをかざして中央ゲートを突破し、エレベーターに乗り込む美知佳は誰よりも颯爽《さっそう》としている。

単にご飯を食べにいくだけなのに――。

今朝がた慌ただしく自分を追い越していった、総合職らしいパンツスーツの女性の仕事疲れした蒼白い横顔を思い返すと、ひらひらとスカーフをなびかせている美知佳の血色のいい顔が、なんだか急に滑稽《こっけい》に思えた。

しかしそんなことは、おくびにも出せない。今では派遣法の改正で当たり前になってはいるものの、派遣社員の社員食堂の利用権利を勝ち取ったのも、ここでは美知佳の功績ということになっている。

社員食堂に入るなり、美知佳とその取り巻きたちは、皇居の緑を見下ろせる窓際の一番大きなテーブルに陣取った。ここは長らく美知佳たちが独占しているようで、真奈はこの会社に派遣されてきて以来、このテーブルに他の社員が近づくのを見たことがなかった。

食堂の中は、油といろいろな食材が混じり合う匂いが溢《あふ》れている。

正直に言えば、真奈はこの食堂の料理があまり好きではなかった。

種類こそたくさんあるが、どれを食べても、どことなく機内食を思わせる。恐らく冷凍食品を多用しているのだろう。手作りの味がしないのだ。この近辺のランチの相場に比べれば確かに値段は安いが、それ相応のクオリティーでしかない。

そのせいか、昼時であっても食堂はそれほど混雑していなかった。

ほとんどの社員は、外に食べにいくのだろう。内勤の社員がぽつぽつとテーブルについているだけで、大勢でテーブルについているのは、自分たち、派遣組だけだ。

内勤の女性社員の中には、お弁当を買って公園で食べている人たちもいるらしい。今の季節はさすがに寒いかもしれないが、緑の中でひと息つくのは、よい気分転換になると思う。

だが、特別な理由なしに、このランチを抜けることはご法度《はっと》だ。

真奈がきたときには、そうした不文律が、すっかり出来上がってしまっていた。ランチを抜けることは、美知佳たち古参を敵に回すことにつながる。すなわち、孤立だ。

たかがランチとはいえ、地下の一室に閉じ込められて働く真奈にとって、それはあながちおおげさなことではなかった。

いつものように食券を買い、美知佳を中心に席に着く。食欲のない真奈は、一番食べやすいきつねうどんを頼んだ。

全員の料理がそろうと、にぎやかな雑談が始まった。

喋《しゃべ》っているのはもっぱら美知佳ひとりだが、どのテーブルよりも声が大きく、笑い声も多い。はたから見れば、随分楽しげに見えるだろう。

確かに美知佳は話術に長《た》け、雰囲気作りもうまかった。

事実、押しの強い美知佳の仲間になっていれば、派遣だからと萎縮《いしゅく》せずに済むメリットはある。私たちは仲良し、私たちは皆、うまくやっている――。

それに、そう吹聴するようにおおげさに笑い合い、「そうそう」「分かる分かる」と共感し合う中に身を浸していれば、少なくとも攻撃されることはないし、今いる居場所を奪われることもない。

あまり重労働でない職場にやってきて、真奈にはひとつ分かったことがある。

時間や体力に余裕があるせいか、ひとところに詰め込まれた二十代半ばから四十代までのほとんどが未婚の女性たちは、とかく相手を監視し合っている。

一見共感しているようで、その実、注意深く差異を探っている。

実家暮らしなのか、ひとり暮らしなのか。現在付き合っている男がいるのか否か。

好みは、趣味は、癖《くせ》は――。

それが愛せる粗《あら》なのか、許せない優越なのか。

差し当たっての優劣と力関係を秤《はかり》にかけて、味方か敵かを、瞬時に見定めようとしている。

だから、一時《いっとき》の解放感と引き換えに、一番の馴れ合いの場であるランチを抜け出すなど、あまりにリスクが大きすぎる行動なのだ。

そのとき、ふいに、スマホの着信音が響き渡った。

気持ちよく喋っていた美知佳が、露骨《ろこつ》に顔をしかめる。鳴っているのは綾乃のスマホだ。

「もしもし?」

悪びれる様子もなく、綾乃が通話ボタンを押した。綾乃は立ち上がると、スマホを耳に当てたまま、ことわりも入れずに食堂を出ていってしまった。

テーブルに白々とした空気が広がる。

美知佳が取り巻きのひとりに小声でなにかを囁《ささや》いた。取り巻きたちの間に、意地の悪い笑みがさざ波のように伝播《でんぱ》する。

「本当、空気読まないよねー、最近のゆとり……」

誰かの声が漏れ聞こえ、真奈は黙って下を向いた。

八時過ぎに入ったスーパーは、思った以上に混雑していた。

買い物かごを手に取ると、真奈は真っ直ぐ惣菜《そうざい》コーナーに向かった。揚げ物や、出来合いの惣菜が並ぶ棚の前で、自分同様、会社帰りらしい女性たちが、三〇パーセント引きのシールの貼られたパックをあれこれと吟味《ぎんみ》している。

この日、真奈は珍《めずら》しく残業になった。

セキュリティー強化のため仕様が変更になったフォーマットに、過去のデータを移し替えなければならなかったのだ。こうした面倒な作業を、真奈はたびたび押しつけられた。

課長から降りてきた指示を、実質振り分けているのは美知佳だ。

〝お願いできるかな――〟

美知佳にそう言われて、断れるわけがない。

〝西村さんはまだここにきて浅いし、勉強にもなると思うんだ〟

もっともらしくそんなことを言うが、コピペの単純作業が勉強になるとも思えない。要は体《てい》よく雑用を押しつけられているだけだ。

〝助かるよ。西村さんいい人だし〟

おまけに、最後はとってつけたように持ち上げられた。

あのとき、自分が卑屈《ひくつ》な笑みを浮かべたことを思い返すと、真奈はなんだか胸の辺りがもやもやする。単純作業の仕事をすること以上に、愛想笑いを浮かべたり、共感できない話題に相槌《あいづち》を打ったりしなければならないことのほうがつらかった。

〝野菜たっぷり〟とコピーのついた煮物のパックを手に取ってみる。

今日のランチもうどんだった。蛋白質《たんぱくしつ》が足りていない自覚はあるが、冷めきって脂《あぶら》が白く固まっているカツや焼き肉には食指が動かない。

惣菜コーナーの前で逡巡《しゅんじゅん》していると、美知佳くらいの年齢の女性が、三パックの餃子《ぎょうざ》を無造作に買い物かごに突っ込んで足早に去っていった。きっと、育ち盛りの子供を家で待たせているのだろう。

見回せば、八時過ぎのスーパーは、残業帰りと見られる疲れた表情の女性たちで一杯だ。この時間に買い物をしている男性の姿は、数えるほどしかいない。共働きが当たり前の昨今《さっこん》でも、家庭内で夕飯の準備をするのは、未だに圧倒的に母親のほうらしい。

〝女性の社会的活躍〟なんてことを仰々しく口にする人たちは、こうした卑近《ひきん》な状況が見えていないに違いない。「母親」の役割は一向に軽減されないのに、その上、都合よく社会的役割を押しつけられていったら、いずれ働く女性たちは潰れてしまう。考えてみれば、そうしたことを得意げに述べているのは、閉店間際のスーパーで買い物をしたことなんて一度もなさそうな、傲慢《ごうまん》な表情の「オジサン」ばかりだ。

少なくとも、真奈自身はそんなスローガンのために〝活躍〟させられるのは御免だった。

結局、最初に手に取った煮物のパックを買い物かごに入れ、真奈はレジに向かった。

外に出ると、身体を突き刺《さ》すような北風が吹いてくる。今年は年明けこそ穏やかだったが、二月に入ってから例年以上に寒い日が続いていた。

ショールを体に巻きなおし、身を屈めるようにして、シャッターの降りた商店街を歩く。途中、本屋があいているのを眼にしたが、真奈は足早に通り過ぎた。

子供時代、真奈は本を読むのが好きだった。

学級図書にあった児童書を、夢中になって読んでいた時期があった。特に真奈が好きだったのは、海外の児童書だ。そこには、いったことのない国の子供たちの、食べたことのないおやつやお弁当の描写があった。海外の子供たちのピクニックのバスケットには、マーマレードを挟んだチョコクッキーや、甘い生姜《しょうが》の入った柔《やわ》らかいパンや、摘《つ》みたてのベリーで作ったジャムなど、想像しただけでうっとりするようなものばかりが入っている。

それに本の中の子供たちは、遠くから真奈を見て意味ありげにくすくす笑ったり、ドッジボールで執拗《しつよう》に的にしたりといった、露骨な意地悪をしない。

〝真奈ちゃん、いっつも本ばかり読んでて、お友達と遊ばないんだって？〟

だが、ある日、家庭訪問が終わった後、母から咎めるような口調でそう言われた。

もう二十年近くも昔のことなのに、あのとき心の中に兆《きざ》した恥ずかしさを、真奈は今でもはっきり覚えている。

友達がいない。

それはやっぱり、恥ずべきことなのだ。黙って見守ってくれていると思っていた担任の先生が、母にそれをこっそり告げていたことにもショックを受けた。

同じ絵本を何時間も眺めていても、優しく認めてくれていたのはおばあちゃんだけだった。

本ばかり読んでいて、お友達と一緒に遊ばない子は駄目なのだ。

結局あれ以来、真奈は本から離れてしまった。

今では時々女性誌をぱらぱらめくる程度で、漫画《まんが》すらほとんど読んでいない。たとえ本屋に入ったとしても、あんなにたくさんある新刊の中から、なにをどう選んでいいのかも分からないだろう。

ワンルームのマンションに帰ってくると、真奈はすぐにテレビをつけた。

数年前、学生時代から付き合っていた恋人との関係が自然消滅して以降、真奈には特別な男友達がいない。男友達どころか、同性の友達だってひとりもいないかもしれない。

相変わらず、自分は〝駄目〟なままだ。

買ってきた惣菜を電子レンジに入れながら、真奈は自嘲《じちょう》する。

出来合いのおかずをテーブルに並べ、真奈はスマホを手に取った。

SNSのアカウントを開き、ツイートで話題になっているドラマに、テレビのチャンネルを合わせる。ツイートを追いつつ画面を見ていると、少し太めの脇役女優の顔に、ふと、綾乃の色白の顔が重なった。

綾乃、大丈夫なのだろうか――。

ふいに、微かに胸が痛くなる。このところ、綾乃は会社を休みがちだ。出勤してきても、蒼白い表情でつらそうにしている。

体調不良を理由に何度かランチにこなかった綾乃を、最近美知佳たちは、平然と仲間外れにするようになっていた。休憩時間になってもぐずぐず手間取っていれば、容赦《ようしゃ》なく置いていく。真奈とて、それに従わないわけにはいかなかった。

綾乃を外すようになってから、美知佳の話術は一層磨《みが》きがかかったようになった。

元々、美知佳の喋りが精彩を放つのは、誰かやなにかを扱《こ》き下《お》ろしているときだ。その毒舌がそこにいない綾乃を腐《くさ》すとき、それがまた誰もが思い当たる節を痛烈《つうれつ》に突いてくるだけに、爆発的な笑いを呼んだ。

しかし、皆がおおいに笑っている中で、真奈だけは笑うことができなかった。

以前、やっぱりランチを外された派遣社員が、任期満了を待たずに職場を離れたことがあると聞かされたことがあるからだ。

純粋に綾乃を案じる気持ちが半分。綾乃がいなくなれば、同じく〝ゆとり世代〟の自分が、なにかのきっかけで俎上《そじょう》に載せられるのではないかという不安が半分。

あれ――？

そのとき、ふと妙な既視感が湧き起こり、ツイートをスクロールしていた指がとまった。

これって、似ている。

次々と新しいツイートが溜まっていくタイムラインを見つめ、真奈は小さく眼を見張った。

というか、同じだ――。

一度思い当たると、すべてが合致しているように思えてきた。

馴れ合いの安堵感の後に、段々疎外感を覚えるのも。

誰かの悪口を聞いているうちに、それがなにかの拍子に、自分に及ぶように感じるのも。

SNSと同じだ。

バカバカしいと思いながらツイートから眼が離せなくなるのも。媚《こ》びるように「いいね」をタップして帰属意識をアピールしてしまうのも。

打ちたくもない相槌を打ちながら、あまり食べたくもない社食のランチを、本当はたいして一緒にいたくない人たちと同じテーブルを囲んで食べているのとまったく同じだ。

やめたくてもやめられないのは、そこから外れてしまったら、自分がどこにもつながっていないような気がするからだ。

ひとりきりで遊んでいられた、何事からも守られていたおばあちゃんの縁側はもうどこにもない。

真奈は思わず、手にしていたスマホをテーブルに投げ出した。

無理やり気持ちを切り替えようと、買ってきた惣菜を口に運ぶ。

〝野菜たっぷり〟の煮物は、タケノコもゴボウもニンジンも、全部、同じ化学調味料の味がした。


南口にできた新しいショッピングモールは、巨大な巻貝のようだ。

吹き抜けのエスカレーターの下に立ち、真奈は照明《しょうめい》に輝く各フロアーを見上げた。バレンタインデーが近いせいで、どこの階にもチョコレートを山盛りにしたワゴンが出ている。

甘い匂いが漂う中、真奈は大きく息を吐いた。休日の午後を返上し、既に何回もフロアーの往復をしている。

食器、キャンドル、バスグッズ、部屋着、ファブリック……。

いくつもの品を見たが、どれも決め手に欠けた。少し良いものだと予算をオーバーしてしまう。予算以内のものには、今ひとつピンとくるものがない。

それに、美知佳たちからは、「ネットで値段ばれがしないもの」という、今どき不可能に近いお題まで出されていた。

ここまできて、当の本人より、美知佳たちの眼を気にしている自分の気持ちを、どう量《はか》ってよいのか分からない。今回の顛末《てんまつ》を、果たして自分はどう受けとめているのだろう。

真奈は自身の思いを探るように眼を閉じた。

鶴見綾乃が、会社を辞めることになった。

だがその理由は、真奈はもちろん、恐らく美知佳たちにとってもまったく予想外のものだった。

綾乃は、硝子張りの本社の最上階に位置する、開発部の部長と結婚することになった。

一体いつからそんなことになっていたのだろう。

課長から事実だけを告げられたとき、誰もの顔に、同様の疑問の色がありありと浮かんでいた。

しかも、綾乃は妊娠《にんしん》していた。

なんのことはない。

綾乃がつらそうにしていたのは、美知佳たちによるランチ外しが原因などではなかった。綾乃は単に、つわりで苦しんでいただけだった。

〝相手は四十過ぎの若禿《は》げバツイチだってさ。だったら、あの鶴見でもあり得るよ〟

美知佳の毒舌も、このときばかりは負け惜しみにしか聞こえなかった。

要領が悪く、職場のお荷物扱いだった綾乃が、すれ違うだけだった本社の、しかも役職持ちと、いつの間にかそんなことになっていたなんて――。

ゆとり、ゆとりと同列に腐されるのは嫌だったけれど、真奈は綾乃のことが特別嫌いなわけではなかった。仕事上、手助けをしたことも、幾度となくあったはずだ。

それでも、同世代の真奈にも、綾乃はなにも教えてはくれなかった。

当たり前だ。

なぜなら、自分たちは別に、友達でもなんでもなかったのだから。

綾乃に、真奈を出し抜くつもりがあったとは思えない。ただ、その眼中に、自分は最初から入っていなかった。それだけのことだ。

真奈は眼をあけた。

きらびやかな照明に照らされた、色とりどりの店舗《てんぽ》が眼に入る。

綾乃の結婚祝いを兼ねた送別会をしようと言い出したのは、美知佳だ。その会を仕切ることで、美知佳は〝派遣ボス〟の面目を保とうとしているようだった。

当の綾乃は体調不良でほとんど会社に出てこないが、その間に、美知佳は会費や会場をどんどん決めた。

そういうときの美知佳の手際のよさは、実際見事なものだった。腰掛のように一年毎に入れ替わる課長たちが、煙たがりつつも、美知佳に派遣社員たちの仕切りを丸投げにしている理由はよく分かる。

幼稚園時代から、美知佳のような〝ボス〟がどこにでも存在するのは、目的意識が低い集団の中では、それが自ずと便利に機能するからかもしれない。どんなに小さな猿山《さるやま》にも、ボスがいるのと同じことだ。

取り決めが進むうち、綾乃と一番年の近い真奈は、代表でプレゼントを買わされることになった。安くて、実用的で、いいもので、ネットですぐには値段のばれないもの。

次々に条件を出され、真奈は思わず絶句した。

なにを買っても陰で文句を言われる気がした。それでも引き受けたのは、美知佳のためではなく、綾乃のためだと思いたかった。

〝西村さんさぁ、本当になにも知らなかったの？〟

週末、帰りがけに真奈は美知佳からそう囁かれた。即座に首を横に振れば、ふーんと、美知佳は腕を組んだ。

〝じゃあさ、やっぱ、微妙だよね〟

水を向けられているのは分かったが、真奈は敢えてはっきりしたことを口にしなかった。ただ曖昧《あいまい》な笑みを浮かべるだけの真奈を、美知佳はしばらく見据《みす》えていたが、やがて白けたように組んでいた腕をほどいた。

〝まあ、いいよ。西村さん、いい人だもんね〟

含みのある言い方をされ、真奈は小さく下を向いた。あのとき、美知佳が本当はどんな言葉を聞きたがっていたのかは、薄々見当がつく。

もしそれを口にできれば、自分も「そうそう」「分かる分かる」の輪の中に、本当に迎え入れられるのかもしれない。

SNSでも注目されるのは、どこかに毒をはらんだ発言が多い。毒にも薬にもならない真奈のツイートは、誰からも相手にされない。

それでも真奈は、美知佳を満足させるために、後々自己嫌悪に陥るような言葉を口にしたくはなかった。

だから、私は面白くないのかもね——。

真奈はしばらく巨大なショッピングモールの店内を眺めていたが、やがてくるりと踵《きびす》を返した。もう一度エスカレーターに乗る気にはなれなかった。

外に出ると、既に日が傾きかけていた。

随分長い間、ショッピングモール内を彷徨《さまよ》っていたようだ。ブーツの中で、脹脛《ふくらはぎ》がパンパンになっている。今日のところは、あきらめて帰ることにした。

人気《ひとけ》のない商店街を、真奈は足元を見つめながら歩く。

明日は会社帰りに銀座《ぎんざ》に寄ってみようか。それとも、コストパフォーマンスがよくて気の利いたものを探すなら、自由《じゆう》が丘《おか》の雑貨屋にでも足を伸ばしたほうがいいのだろうか。

あれこれ考えていると、ふいに足元をしなやかなものが通り抜けた。

キジトラの猫だ。

少し痩《や》せているが、艶々《つやつや》とした毛並みの愛らしい猫だった。

猫は振り返ると、オリーブ色の透き通った眼で、じっと真奈を見つめた。思わず見つめ返せば、「んなっ」と小さな鳴き声をあげる。

だが手を差し伸べた途端、猫はするりとそれを躱《かわ》した。そのくせ遠くまでは逃げずに、数メートル先から真奈を見ている。今度は声を出さずに、口だけを「あーん」とあけた。

手を出せば逃げる。それでも、遠くまでいかずに数メートル先で振り返る。

まるで自分を誘っているようだ。

数歩近づいては逃げられるという攻防を繰り返しているうちに、真奈は段々面白くなってきた。

これって、なんだか異世界ファンタジーの導入部《プロローグ》みたいだ。『不思議の国のアリス』も、最初はうさぎを追いかけていったはずだ。

キジトラの猫との追いかけっこをするうちに、真奈は商店街の外れまでやってきた。ふと気づくと、今まできたことのない、路地裏に入り込んでしまっている。

空調の室外機やポリバケツが並ぶ細い路地は、人ひとりがやっと通れるほどの狭さだった。

さすがに引き返そうかと思った矢先、真奈の眼に、ふいに小さな妖精《ようせい》のような姿が映った。よく見ると、古びたアパートの前に、パンジーやサクラソウの鉢植えが並べられている。殺風景な路地に、黄色やピンクの彩りが鮮やかだった。

前をいく猫の歩みが急に速くなった。

誘われるように足を踏み出せば、つきあたりに小さな中庭のある古民家のような一軒家が現れた。

猫は迷わずに、中庭を囲う白い門の下を潜り抜けていく。

この家の猫なのだろうか――。

門の隙間《すきま》から中をうかがい、真奈は眼を丸くした。

真っ赤なロングヘアーの人物が、ラジカセから流れるにぎやかなハウスミュージックに合わせて腰を振りながら、中庭に植えられた木の周りに並べられた品々を取り込んでいる。手にしているのは、蛍光《けいこう》ピンクのカットソー、孔雀《くじゃく》の羽根が縫《ぬ》い込まれた光沢のあるミニドレス、スワロフスキーがたっぷりついたショールなど、ど派手なものばかりだ。

呆気にとられて眺めていると、木の枝に掛けられた看板《かんばん》が眼に入った。

ダンスファッション専門店シャール――？

この街に住むようになって結構経つが、商店街の路地裏にこんなお店があるなんて、今までまったく気づかなかった。

「あんらー、あんた、またどこで浮気してたのよー」

キジトラの猫を抱き上げ、真っ赤なロングヘアーが振り返った。

瞬間。まともに眼が合ってしまう。

赤の女王。

真奈の頭に、なんでもかんでも首をちょん切ろうとする、『不思議の国のアリス』のトランプの女王の姿が浮かんだ。

「誰よ、あんた！　なに、覗《のぞ》いてんのよ」

赤の女王さながらの、ヒステリックな声が響く。

だが、実際に猫を抱えて仁王立ちしているのは、真っ赤なロングヘアーのウイッグをかぶった三十前後の――どう見ても、男性だった。

三重の付け睫毛《まつげ》。真っ赤な口紅《くちべに》を塗りたくった大きな口。グレーのコーディガンに、別珍のロングスカート。こんな格好《かっこう》の男性を目前にしたのは、生まれて初めてだった。

「なに、じろじろ見てんだよ。こちとら見世物じゃねえっつってんだろが！」

ついに、おかまが男性そのものの怒鳴り声をあげる。

真奈は飛び上がって逃げ出そうとしたが、瞬間、足がもつれた。ブーツの踵が砂利《じゃり》の上で滑り、バランスが崩《くず》れる。

仰いだ空がぐらりと歪《ゆが》み、気づいたときには力一杯地面に叩きつけられていた。

「ちょ……、ちょっと、あんた、大丈夫？」

驚いたおかまが、猫を投げ出して駆け寄ってくる。

それでも真奈は、しばらく動くことができなかった。

「んもー、どんくさいわねー」

口調は荒《あら》いが、悪い人間ではないのだろう。赤いウイッグをかぶったおかまは、腕をつかんで真奈を助け起こしてくれた。

左脚のブーツが脱げ、タイツが大きく破けて膝《ひざ》小僧に血が滲《にじ》んでいる。それを見ると、おかまは少しばかり、きまりが悪そうな顔になった。

「これって、もしかして、あたしのせいかしら……」

茫然《ぼうぜん》としている真奈を、おかまが覗き込んでくる。

「赤チン、塗る？」

言うなり、おかまは真奈を中庭に招き入れ、玄関先に案内してくれた。

「ちょっと、待っててよね」

玄関先に真奈を座らせ、おかまは廊下の奥へと消えていく。

ひとりになった真奈は、周囲を見回した。古い家だが、掃除《そうじ》が行き届き、板の間の廊下は黒光りしている。店仕舞いをしている最中だったのだろう。廊下のあちこちには、ど派手なドレスや小物が無造作に積まれていた。

ラジカセから流れるハウスミュージックをぼんやり聞いていると、ふいに脛《すね》の辺りが温かくなる。見れば、キジトラの猫がひたりと身体を寄せてきていた。

撫でようと手を伸ばせば、うるさそうに首を捻る。

「そいつ、本当にツンデレよねー」

廊下の奥から、おかまが薬箱を持って現れた。

「すみません。お手数をおかけして……」

真奈は深々と頭を下げる。こんなに派手に転んだのは、小学生以来かもしれない。

頭を上げた瞬間、ちらりと眼に入った光景に、真奈の視線は釘付けになった。

部屋の奥に、今度は氷の女王がいる。

しかしよく眼を凝らせば、それは壁に掛けられた、見事なロングドレスだった。

たっぷりと裾《すそ》を引く、銀色の生地はシルクだろうか。胸元は透け感のあるビーズ仕立てで、雪の結晶のようなレースが贅沢《ぜいたく》に施されている。

日常でこんなドレスを着こなせる人がいるとは思えない。だが、明らかにウエディングドレスとも違う。

「すてき……」

譬《たと》えるなら、それはやっぱり女王さまのドレスだった。

思わず、真奈の口からうっとりとした溜め息が漏れた。

瞬間。

「でっしょぉおおおお！」

痛い程の力で、両肩をつかまれる。

薬箱を放り出したおかまが、満面の笑みを浮かべていた。

「あれ、あたしが作ったのよ」

「本当ですか」

真奈の吃驚《きっきょう》に、おかまは鼻を高々と天井に突き上げる。

「そ！　ここに集まるお針子《はりこ》仲間と一緒にね。あたしの一番大切な人のために、ひと針、ひと針、レース編みから心を込めて作ったの。題して〝レリゴー、私は自由よドレス〟よ！」

そのタイトルはどうしたものかと思うが、ひと目見た瞬間から、真奈も心を鷲摑《わしづか》みにされてしまった。

しかし、こんな豪勢なドレスを着こなすのは、一体、どんな人なのだろう。

まるで壁掛けのようなドレスを見つめ、真奈はもう一度溜め息をついた。

おかま曰く、その人は、この店の本当の主《あるじ》だという。訳あって、今は不在の主の帰還《きかん》を、赤いウイッグのおかまは、お針子仲間やこのドレスと共に待っているのだそうだ。

「……あの、さしつかえなければ、もう少し商品を見せてもらってもいいですか」

膝小僧を消毒してもらいながら、真奈は恐る恐るおかまに声をかけてみる。

よく見れば、玄関先に取り込まれた小物の中には、ただ単に派手なだけではない、手の込んだ手芸品がたくさんあった。

一枚一枚の花弁の光沢まで感じさせる丁寧《ていねい》な刺繡《ししゅう》の施されたポーチや、手作りのシルクフラワーが美しいブローチなど、ちょっとした工芸品のようだ。

「あら、なんだ。あんた、お客さんだったのね」

赤チンを手にしたおかまが眼を丸くする。

「それならそうと早く言ってよ」

いきなり背中をどやしつけられ、真奈はつんのめりそうになった。

言う暇もなく、突然、怒鳴りつけられたのだが――。

「いや、時々、妙な連中がくるから、あたしもつい、猜疑心《さいぎしん》強くなっちゃってさ。そりゃ悪かったわねー」

真っ赤な口紅を塗った大きな口をあけて笑い、おかまはいそいそと商品を並べ始めた。

「でもあんた、この店に興味持つなんて、眼が高いわよ。ここにある品はね、全部お針子たちが一から心を込めて作った、世界にひとつしかない逸品《いっぴん》ばかりよ」

おかまが次から次へと並べてみせる品の中から、柔らかなクリーム色のこんもりした八重《やえ》の花の刺繡が散ったハンドバッグを見つけ、真奈の手がとまる。

穏やかな色合いが、綾乃の雰囲気を思わせる気がした。

「これ、なんていうお花ですか」

「木香薔薇《もっこうばら》っていうの。花言葉は〝あなたにぴったりな人〟よ」

その言葉も、結婚祝いにうってつけだった。

値段を聞けば、驚くほど良心的だ。真奈は木香薔薇のハンドバッグと、それから自分用に、雪の結晶の刺繍が施されたハンカチを一枚買った。

ガサツな態度とは裏腹に、おかまはハンドバッグを丁寧に包装し、綺麗なサーモンピンクのリボンまでかけてくれた。

「本当に器用なんですね」

「あらー、当たり前じゃない。あたしを誰だと思ってるの」

再びドスンと背中をどやされる。

「覚えておいて。あたしはジャダ。あ、それから……」

真奈の足元で眠ってしまった猫を抱き上げ、ジャダはウインクしてみせた。

「これも覚えておいて。あたしはおかまじゃなくて、品格のある、ドラァグクイーンだからね」


鶴見綾乃が会社を辞めてから、一週間が過ぎた。

朝のコーヒーを淹《い》れ、真奈はパソコンを立ち上げる。相変わらず朝は弱いが、最近、真奈は美知佳からちくちくと嫌みを言われることはなくなった。

なぜなら――。

出勤時刻の五分前になっても、隣の席は未だに空だ。

始業チャイムが鳴り響き始めるのと同時に、峯山晶子《みねやましょうこ》が今日も慌ただしく社内に駆け込んできた。

「おはようございます」

誰の顔も見ずに挨拶《あいさつ》だけを済ませると、晶子はパソコンの電源を入れた。そして、大きなヘッドフォンをかぶり、すぐに画面に集中し、かちかちとマウスのクリックを始める。あっという間にデータを打ち込み、晶子は何食わぬ顔で画面をロールダウンした。

黒いタートルネックのセーターに、カーキ色のチノパン。ファンデーションすら塗っていない顔に、アメジスト色の縁のロイド眼鏡《めがね》をかけている。

綾乃の代わりに新しく派遣されてきた峯山晶子は、ＯＬ然とした服装の派遣社員の中で、なんとも異色の存在だった。年齢は美知佳と同じく三十代半ばと聞いたが、化粧気のない肌《はだ》は澄《す》んでいて、学生のようにも見える。

誰よりも遅く出社し、しかし誰よりも早く仕事に集中している晶子の様子を、美知佳は煙たそうに睨《にら》んでいた。だが美知佳がいかに取り巻きたちに目配せしようが、周囲がどれだけ冷たい眼差しで眺めていようが、ヘッドフォンをかぶっている晶子には、なにひとつ届いていないようだった。

派遣初日から、晶子は大きな旋風《せんぷう》を巻き起こした。

勤務中の私語は厳禁。携帯は、デスクの上に出してはいけない――。

課長が禁止事項《じこう》を説明しているときに、晶子は勢いよく手を挙げた。

「じゃあ、音楽聴いてもいいですか？」

予期せぬ質問に、課長だけでなく、美知佳たち古参までもが眼を丸くした。

「なにか聴いていたほうが、集中できるんです。もちろん、音が漏れないように気をつけます」

前例のない申し出だったのだろう。課長が言い淀んでいると、美知佳がもっともらしく眉を寄せた。

「そういうのは、ひとりだけ認めると……」

「でも、仕事に支障がなければ問題ないんじゃないですか。前の派遣先では認めていただいていました」

晶子は課長の顔を真っ直ぐに見て、堂々と続けた。暗に、同じく派遣社員である美知佳に決定権はないと突きつけているようにも見えた。

「本当に仕事に支障がないならな」

課長の煮え切らない返答を承認に変えたのは、晶子があっという間にマニュアルを飲み込み、誰よりも早くノルマの打ち込み作業を終えてしまったからだ。

ここ数日、「もう今日の分、終わっちゃったんですけど、他にやることありませんか」という晶子の申し出を聞かなかった日はない。

晶子がきて、綾乃がたんまりと残していった遅れは一気に解消された。

だが、旋風はそれだけでは終わらなかった。

晶子が社員食堂での合同ランチに付き合ったのは、初日のたった一回だけだ。そこですべてを見切ってしまったように、晶子は翌日から美知佳の誘いを断るようになった。

「読みたい本があるんですよね」

晶子がそう主張するのを聞いたとき、真奈はどきりと胸を波打たせた。

本ばかり読んでいて、お友達と遊ばない——。母や先生を始めとする大人たちがそろって咎め、小学生の真奈を恥じ入らせた行為を、晶子は当然の権利のように口にしていた。

「でも、ランチは唯一、私たち派遣が意思の疎通を図れる機会だし……」

「なにかありましたら、いつでも職場で言ってください。禁じられてるのは〝私語〟であって、〝疎通〟ではないでしょう？」

〝派遣ボス〟の面目を保とうとする美知佳の圧力を、晶子はあっさりとはねのけた。

あのときの美知佳の表情を思い返すと、真奈は今でも背筋が寒くなる。

なんて勇気がある人だろう。

真奈はパソコンに向かいながら、時折、晶子の白い横顔に眼を走らせた。

晶子は画面を見据え、休まずマウスを操作し続けている。真奈も視線を画面に戻し、晶子に倣《なら》って作業に集中した。

入力が一段落したところで、真奈は化粧ポーチを持って席を立った。

化粧室で手を洗い、ポーチからハンカチを取り出して手をぬぐう。雪の結晶が刺繍されたハンカチだ。ハンカチを畳みながら、真奈はジャダと名乗った、真っ赤なロングヘアーのウイッグをかぶったドラァグクイーンのことを思い返した。あの日のことを思い出すと、自然と笑みが込み上げる。

近所に、あんな不思議なお店があったなんて。

本当に、『不思議の国のアリス』の世界に、迷い込んだような時間だった。

送別会の日、真奈が選んだ木香薔薇の刺繍のハンドバッグを、綾乃は心から喜んでくれた。つわりの抜けない綾乃は早々に宴席《えんせき》を辞したが、帰りがけ、綾乃は真奈の眼を見て小声で囁いた。

「これからも大変だと思うけど、あんまり無理しすぎないでね」

そのとき真奈は、自分が心底職場に馴染んでいるわけではないことに、綾乃が気づいていたのだと初めて知った。綾乃はいたわるような眼差しで、真奈をじっと見ていた。

もしかしたら――。

鈍いのは自分のほうだったのかもしれない。もし、綾乃の気持ちをもう少し早く察していたら、自分たちの関係はもっと深まっていたのかもしれない。

綾乃が自分を眼中に入れなかったのではない。自分のほうこそ多数派について、綾乃を眼中に入れようとしなかったのだ。

主役の綾乃が退席した後も、美知佳たちは勝手に盛り上がっていたが、その輪の中から外れ、真奈は随分長い間ひとりで考え込んでいた。

後悔に似た寂しさが甦り、ハンカチを握りしめたまま、真奈は茫然と鏡の中の自分を眺める。

そのとき、ふいに扉が開き、晶子が化粧室に入ってきた。

「お疲れさまです」

反射的に声をかけた真奈に、「お疲れさまです」と、晶子も応える。すぐに個室には入らず、晶子は鏡の前で大きく伸びをした。そのまま肩甲骨《けんこうこつ》をぐるぐると回し、肩のストレッチを始める。

「パソコン、肩が凝るよね」

ぼんやり眺めていると、意外にも向こうから声をかけられた。思ったより、気さくな人なのかもしれない。

「ええ、本当に」

真奈は慌てて相槌を打つ。両肩を存分に伸ばすと、晶子は次に首を回し始めた。あっさりとした格好が、手足の長さと顔の小ささをより際立たせている。

「あの」

真奈は思い切って声をかけてみた。

「いつも、どこでご飯食べてるんですか」

「適当」

長い首を回しながら、晶子が応える。

「コンビニで買ってきて、打ち合わせスペースで食べちゃうこともあるし、外に食べにいくこともあるし」

「……勇気、ありますね」

「え？」

聞き返され、真奈は自分が余計なことを言ったことに気づいた。

「なんで」

だがまともに見つめられて、後に引けなくなってしまう。

「だって、ひとりでランチ抜けるのって、結構、勇気いるじゃないですか……」

「そう？」

晶子は心底意外そうな顔をした。

「大勢で食べるほうが、よっぽど面倒くさいけど。あの人たち、別に実のあること話してるわけでもないし。しかも、ここの社食、景色はいいけど、美味《おい》しくないし」

晶子はきっぱりと続ける。

「それに、私、ここには仕事しにきてるだけで、別に友達作りにきてるわけじゃないから」

瞬間。真奈は胸を衝かれたようになった。

唐突《とうとつ》に、焼きつくような恥ずかしさが込み上げる。

誰かにそっくりのＯＬスタイルも、メイクで整えた顔も、ゆるく巻いた髪も。

美知佳の真似《まね》はできても、この人の真似はできない。なぜならこの人には、真奈には圧倒的に欠けているものがある。

勇気だけではない。それは――。

真奈は眼を伏せて会釈《えしゃく》すると、足早に化粧室を後にした。


西側の窓からゆるく日が差し始めているのに気づき、真奈はさすがに布団の上に身を起こした。

デジタル時計を手に、溜め息をつく。起きるのが億劫《おっくう》で、二度寝三度寝を繰り返しているうちに、すっかり昼下がりになってしまった。

せっかくの休日を、こんなふうに過ごしてしまうなんて……。

本当に、自分はつまらない。

すっかり脂っぽくなってしまった顔を擦りながら、真奈は洗面所に向かった。

冷たい水で顔を洗っているうちに、次第に頭がはっきりしてきた。あと数時間もすれば日は暮れてしまうが、いつものようにテレビやＳＮＳで時間を潰すのはあんまりな気がした。

せめて、表に出かけてみようか。

そう考えた瞬間、ふと真奈の指先がとまった。

休日に営業しているのかどうかは分からない。でも、もう一度、あのお店にいってみよう。

思いついた途端、全身にスイッチが入ったようになった。ローションで整えた肌に日焼けどめ乳液を薄くのばし、真奈はニットを頭からかぶった。

ダウンジャケットを羽織って表へ出ると、時折北風が吹きつけてくるが、寒さは思ったほど厳しくなかった。

生垣《いけがき》から覗く、すっかり葉の落ちてしまった柿《かき》の木の枝に、たくさんの小鳥がとまっている。よく見れば、鮮やかな黄緑色の羽をしたメジロの群れだった。柿の木に差してある林檎《りんご》に誘われ、集まってきているのだ。ふくふく丸い小振りな体と、ちーちちと軽やかに囀《さえず》る声が愛らしい。停滞しているように思えた季節は、その実、確実に春に向かって動き始めているようだった。

商店街の端まで歩き、真奈はあの迷路のような細い路地に足を踏み入れた。古いアパートの前に置かれた鉢植えの花たちのおかげで、迷うことなく進むことができる。

先日、ブーツの底を滑らせ強かに転んだ砂利道の前までくると、固い蕾《つぼみ》をつけたハナミズキの木が眼に入った。

白い門はあいている。だがそこに、商品は並べられていない。にぎやかなハウスミュージックも流れていなかった。

やっぱり、休みか——。

真奈はすっかり気落ちした。玄関は半開きになっているが、それはきっと、先日自分をここへ案内してくれたキジトラの猫の出入りのためだろう。

未練がましく中庭を覗き込んでいると、ふいにいい匂いが真奈の鼻孔《びこう》を擽《くすぐ》った。仄《ほの》かに甘い、なんだかとってもいい匂いだ。眼を閉じて、真奈は鼻をひくつかせる。

これはなんの匂いだろう。遠い昔、嗅《か》いだことがあるような——。

思いを巡らせようとしたそのとき。

「い……いやぁあああっ……」

突如《とつじょ》、半開きになった玄関の奥から、妙な叫び声が響いてきた。あの赤いウイッグをかぶったドラァグクイーンの声だ。

ジャダさん？

真奈はハッとして眼をあけた。

「ひぇええええっ……」

やっぱり叫んでいる。

「ジャダさん！」

真奈は思わず中庭に駆け込み、玄関の扉に手をかけた。

「ジャダさん、大丈夫ですかっ」

玄関の奥に声をかければ、すかさず「大丈夫じゃないわよ～」と、泣き声が返ってくる。

「失礼します」

真奈は靴《くつ》を脱ぎ、そのまま廊下の奥に向かった。つきあたりの奥の暖簾《のれん》のかかった部屋からもくもくと湯気《ゆげ》が出ている。いい匂いが漂ってくるのもそこからだ。

迷わず暖簾を払うと、そこは小さな厨房《ちゅうぼう》だった。

きれいに磨かれた厨房の真ん中で、頭にバンダナを巻いたジャダが、キッチンミトンをはめた手でケーキの焼き型を持ったまま震《ふる》えている。

「固まらないのよ」

真奈を見るなり、ジャダは弱り切った声をあげた。

突然訪れた真奈を訝《いぶか》しく思う暇もないほど、切羽詰まっている様子だった。

「固まらないって、なにが？」

「そんなの見れば分かるでしょ。蒸《む》しケーキよ、蒸しケーキ。型から出そうとすると、ぼろぼろに崩れるのよ～」

蒸しケーキ――。

聞き慣れない言葉に、真奈はジャダが持っている焼き型に眼を落とした。

「うわ、美味しそうじゃないですか」

焼き型の中には、オーブンペーパーにくるまれた蒸しパンのようなケーキが、甘酸っぱい湯気をたてている。

「当たり前よ、オネエさんのレシピ通りに作ったんだから」

ジャダはテーブルの上に載っているノートブックを顎で指した。

「ちゃんと中まできちんと蒸し上がってるのよ。竹串《たけぐし》刺してもなんにもついてこなかったし。でも、今、型から出そうとしたら、ぼろぼろになるのよ。おかしいわよ。オネエさんが作ってくれたときは、ちゃんとパウンドケーキみたいに固まってたのにぃ」

ジャダがべそをかいている傍らで、ガスレンジにかかった鍋《なべ》がぐつぐつと恐ろしい程に煮えたぎっている。

「ジャ、ジャダさん、これ、もう火とめたほうが……」

「そうね、そうね！　とめてちょうだい」

「ジャダさん、もしかして、この鍋、焦げついて……」

「なんですってぇ！」

キッチンミトンと焼き型を放り出して、ジャダは鍋を覗き込んだ。

「せっかくのブラウンシチューがぁ～」

お玉で鍋をかき混ぜながら、ジャダが絶望的な声をあげる。換気扇のスイッチを強にしてから、真奈はジャダがテーブルの上に投げ出した焼き型を手に取った。

おそるおそるオーブンペーパーごと中身を取り出してみる。匂いはとても美味しそうだ。オレンジとラズベリーを生地に練り込んだのだろう。鮮やかな橙《だいだい》色と、薔薇色のアクセントが美しい。ところが皿の上に載せると、やっぱりぽろぽろ崩れてしまった。

「おかしいわよ。パウンド型に固まるはずなのにぃ。それじゃあ、ケーキとは言えないわ」

「ジャダさん器用なはずなのに。もしかして、料理は苦手とか？」

真奈が単純な疑問を口にすれば、ジャダはカッと眼を見開いた。

「バカ言わないで！　あたしの器用は神さまのお墨付きよ。あたしが不器用なんじゃなくて、オネエさんのレシピがザッパーすぎるのよ」

興奮したジャダはノートブックを手に取り、それをむいむい真奈に押しつけてくる。

「だって、これ、見てみなさいよ。肝心《かんじん》なところが超テキトー。これだから、はじめから料理ができる人って嫌なのよ。前のスープんときは、あたし用にきっちりレシピを書いてもらったから問題なかったけど、これなんて、ほとんどただのネタよ、ネタ」

押しつけられたノートには、達筆な文字で歌うように料理のアイディアが書き留められていた。確かにそれは、レシピというより、個人のメモ書きのようなものだった。

「オネエさんはフィーリングで作れちゃうからこれで充分なんでしょうけど、あたしは料理に関してはまだビギナーなのよ」

ジャダはバンダナを巻いた頭を抱えた。

「でも、これじゃ駄目だわ。今日はとっても大切な日なのに。大失敗だわ。もうすぐ大事なお客さんたちもくるのに、一体、どうすればいいのよ。もう、おしまいよ～」

「ちょっと待って、ジャダさん、落ち着いて」

大泣きし始めたジャダを宥めながら、真奈はノートブックを読み込んでいく。

「……ねえ、ジャダさん。これって、もしかして、マクロビレシピ？」

「あら、あんた、よく知ってるわね。オネエさんは、なんちゃってマクロビって言ってたけど」

「大丈夫。なんとかなりますよ」

真奈はダウンジャケットのポケットからスマホを取り出した。真奈が担当する女性向け情報サイトに、マクロビオティックのカテゴリーがあったはずだ。そこで検索《けんさく》をかけていけば、解決策が分かるかもしれない。

〝蒸しケーキ〟〝固まらない〟をキーワードに、真奈は検索を続けた。続々とヒットする情報の中から、今回のケースに当てはまりそうなものを選んでいく。

「ジャダさん、これかも！」

〝マクロビおやつ〟のカテゴリーに、真奈はそれらしい記事を見つけた。

「バターや卵を使わないマクロビケーキは、全粒粉《ぜんりゅうふん》と液体とオイルを混ぜてからがスピード勝負……」

記事を読みつつ、真奈は台の上に置かれているボウルに眼をやる。

「ジャダさん、今回の蒸しケーキはお粉をなにで溶いたの？」

「えと、豆乳《とうにゅう》とオレンジジュースを混ぜたもの」

「油は？」

「グレープシードオイルを大匙《おおさじ》一杯。それを全部混ぜ合わせてからよくこねて……」

「そこですよ！」

真奈はスマホの液晶画面をジャダに突きつけた。

「生地を一気に混ぜて粉っぽさが無くなったら、すぐに型に移して、蒸気のあがった蒸し器に投入。ここまでがスピード勝負。決していつまでもこねこね混ぜてはいけないって書いてある」

「うんまぁあああーっ」

ジャダはムンクの叫びのように、両手を頬に当てて眼を見開いた。

「あたし、よかれと思って、散々こねくりまわしちゃったわよ」

「こねすぎると、生地がちゃんと膨《ふく》らまなくてぱさぱさになるんですって」

「それね！」

ジャダと真奈は顔を見合わせた。

「あんた、やるじゃない」

ジャダが満面の笑みで肩を叩いてくる。真奈の心に、ふっと温かいものが湧いた。

原因が判明すれば、話は早い。

「ジャダさん、材料はまだありますか」

「これから主食用のケーク・サレも作ろうと思ってたから、たんまりあるわ」

「じゃ、私もお手伝いします」

「本当！　助かるわ」

「お客さんがくるのは何時ですか」

「そろそろだけど、二人で作れば今からでも間に合うと思うわ」

「じゃ、早速やりましょう」

真奈はダウンジャケットを脱ぎ、ジャダから髪をまとめるバンダナとエプロンを受け取った。いつも人の言いなりになることが多い真奈が、こんなふうに自分から積極的に動くことは珍しい。それでも、なぜか自然と動くことができた。

「で、あんた、なんて名前？」

ジャダにせっつかれ、真奈は一瞬茫然とする。最近、仕事以外で誰かに名乗ったこともなかったのだ。

「……私、真奈です。西村真奈」

もう何年も、誰かと普通に知り合うことすらなかったことに改めて気づき、頰が赤くなる。

「よろしく、マナチー」

早速変なあだ名で呼びながら、ジャダが握手を求めてきた。


それからしばらくの間、真奈はジャダと並んで台所に立ち、〝オネエさん〟のレシピをマクロビサイトの情報で補填《ほてん》しながら、料理に励《はげ》んだ。

作るのはラズベリーとオレンジを練り込んだ甘酸っぱい蒸しケーキと、コーンとハーブを混ぜ込んだレモンソルト味のケーク・サレ。ケーク・サレは野菜やハーブや豆をたっぷり入れて作る、甘くないお惣菜ケーキのことだ。作り方は蒸しケーキとほぼ同じ。

ジャダがオレガノやタイムを刻んでいる間に、真奈は薄力粉をボウルに振るい、全粒粉と混ぜ合わせてから、水を張った蒸し器をガスレンジにかけた。

無調整豆乳にレモンソルトとメープルシロップとオリーブオイルを入れ、乳化するまでよくかき混ぜ、そこに粉と具材を投入。粉っぽさがなくなるまで木べらでさっくり混ぜる。

ここからがスピード勝負だ。手早く型にタネを流し入れ、蒸気のたった蒸し器に入れて蓋をする。

ケーク・サレを蒸している間に、今度は失敗した蒸しケーキのほうに取りかかる。

正直、真奈もジャダ同様、料理ビギナーだったが、二人で力を合わせれば、なんとかこなすことができた。

ケーク・サレを入れた蒸し器から、コーンとハーブの香ばしい匂いが漂い始めた。真奈は眼を閉じてうっとりする。

温かな匂い。どこか懐《なつ》かしい匂い――。

固まらなかった蒸しケーキも、捨てるのは忍びなかった。ひとくち食べれば、多少ぱさつきはあるものの、味は悪くない。口の中に、自然で優しい甘みがじんわりと広がった。

やっぱり、どこかで食べたことがある。

真奈が思いを巡らせていると、ふいに呼《よ》び鈴《りん》が鳴った。

「あら、お客さんがきたわ！」

焦げついたブラウンシチューをなんとかしようと格闘していたジャダが、お玉を放り出して眼を輝かす。

「はーい」

廊下にすっ飛んでいくジャダを見送り、真奈は急に心許なくなった。考えてみれば、料理に夢中になっていて、今日がなんの集まりなのかも聞いていなかった。

「塔子《とうこ》ちゃん、忙しいのに、ありがとねー。なにこれ、お土産《みやげ》？　やだ、嬉しぃいいい」

ジャダの興奮した声が響く。

やってきたのは遠方からの客らしく、玄関口でたくさんのお土産を渡している気配がする。

暖簾の陰からそっと覗くと、スーツ姿のキャリア風の女性が、ジャダから熱烈なハグを受けているところだった。

様子をうかがっていると、ふと、スーツ姿の女性と眼が合った。にっこり微笑《ほほえ》まれ、真奈も慌てて会釈する。

二人の視線に気づいたジャダが、くるりと振り返った。

「あ、あちら、新しいお客さんのマナチーよ。マナチー、こちらは、古い常連の塔子ちゃん。今日は上海《シャンハイ》からきてくれたの」

完全に「マナチー」が定着してしまいそうだが、今更抵抗はできない。

真奈は少し緊張《きんちょう》しながら、上海帰りだという落ち着いた雰囲気の女性に頭を下げた。

常連——ということは、あの女性もこの店の顧客ということか。それにしては、シックな服装が、この店で売っているど派手な服飾の傾向と、いささかそぐわない気もするのだが。趣味で社交ダンスでも踊《おど》っているということなのだろうか。

やがて、塔子を皮切りに、続々と〝常連〟が集まり始めた。

その年齢や性別の多様さに、真奈は眼を丸くした。

白髪をクリスマスローズのバレッタでまとめた上品な老婦人もいれば、自分と同世代の溌剌《はつらつ》とした女性ライターもいる。果ては近所の中学校に通う男子生徒と、その学校の教員だというメタボの中年男まで現れた。

この全員が、ダンスファッション専門店の常連なのか。

一番初めにやってきた塔子は、勝手知ったる様子で厨房に入り、男子中学生と中年教員が学校菜園から持ってきた水菜を使って、あっという間にサラダをこしらえてくれた。

さくらと名乗った同世代の女性ライターが、取材先で手に入れたというご当地ワインをふるまいはじめ、いつの間にか真奈までが、中庭に面した広いリビングに招き入れられていた。

リビングには、ひとりがけのソファやテーブルが雑然と並び、さながらカフェのようだ。

「……ジャダさん、もしかして、ここって、飲食のお店もやってるんですか」

常連たちがすっかりくつろいだ様子でソファやカウンター席に座るのを見て、真奈はおずおずとジャダに問いかけてみた。

「そう言えば、マナチーは〝マカン・マラン〟のほうは初めてだったわね！」

「マカン・マラン……？」

聞き慣れない響きだ。

ここは、〝ダンスファッション専門店シャール〟ではなかったのか。

「知らないと、びっくりしますよね。私も最初はすごく戸惑いました」

同世代のさくらが、真奈の分のグラスにワインを注ぎながら、話に加わってくる。

ジャダとさくらの話を統合するに、ここは昼は服飾店、そして夜は、ここで働くお針子たちのためにオーナーが作る賄《まかな》い料理をふるまう「夜食カフェ」であるらしい。

オーナーの作る賄い料理の数々があまりに美味しく、いつしか、夜食を目当てに集まる常連がつき、結局、オーナーは食品衛生責任者の講習を受ける羽目になったという。

「なんでも凝り過ぎちゃうのが、うちのオネエさんのいいところでもあり、悪いところでもあるのよねぇ」

歌うように言いながら、ジャダはステレオのスイッチを入れた。

ラジカセから流れるにぎやかなハウスミュージックとは対極の、ゆったりとしたガムラン・ドゥグンの調べが部屋の中を満たしていく。

マカン・マランという耳慣れない響きの言葉は、インドネシア語だそうだ。マカンは食事、マランは夜で、文字通り「夜食」という意味らしい。

オーナーが生地の買いつけで訪れたバリ島で、かの地のホスピタリティと夜食の美味しさに感服し、この言葉を店名として登録したという。

言われてみれば、ガムランといい、籐《とう》の椅子《いす》や、テーブルの上の蛙《かえる》のキャンドルホルダーといい、部屋の中はアジアのリゾートのように設《しつら》えられている。

「じゃあ、そのオーナーさんが、あのレシピを書いた……」

「そう！　あたしのオネエさんであり、この家の本当の主、シャールさんよ！」

ジャダが服飾店の店名にもなっているその名を発したとき、リビングが一瞬、しんとした。

「……それで、シャールさんは、いつここへ？」

典雅《てんが》なガムランの響きの中、各々のテーブルのキャンドルに火をつけていた塔子が振り返る。

「おお、そうだ。あいつ、やっと退院したんだろ？」

カウンターに陣取っている、柳田《やなぎだ》というメタボ教師もどら声を張り上げた。

「焦りは禁物よ」

嬉しくて堪《たま》らない様子で、ジャダが忍び笑いを漏らす。

「オネエさんは、今、クリスタのところで最後の仕上げ中。きっと、もうすぐ現れるわ」

主の帰還を待つ間、ジャダと常連たちは、ワインを飲んだり、塔子の空港土産のチーズやチョコレートをつまんだりしながら、和やかにパーティーの準備を進めていった。柳田だけはカウンター席にふんぞり返ったまま動こうともしないが、男子中学生の璃久《りく》までが、健気にテーブルセッティングを手伝おうとした。

大勢でいても、誰も強引なイニシアチブを取ろうとしない。それなのに、こんなにスムーズに物事が運んでいく。

眼の前の人たちを見るうちに、真奈はなんだか心の中がしんとした。

ここは、まるで深い海の底のようだ。形も色も違う魚たちが、思い思いに揺蕩《たゆた》っている。少しでも弱いものを皆で突《つつ》きまわそうとする殺伐《さつばつ》さがどこにもない。

自分は今まで、なんと窮屈な水槽《すいそう》にいたのだろう。

いつの間にかすっかり日が暮れ、テーブル席のキャンドルの灯りが強くなってきた。

ひとりでワインとビールをがぶ飲みしている柳田を別にして、真奈は塔子やさくらや「比佐子《ひさこ》さん」と呼ばれている老婦人との会話に加わった。

ジャダと璃久は昆虫図鑑を見ながら、なにやら夢中で話し込んでいる。

会話が進むうち、老婦人はこの近くのアパートに住んでいる独居老人であることが分かった。真奈がここにくるときにいつも目印にしていた可愛らしい鉢植えの花たちは、比佐子が丹精《たんせい》して育てたものだった。顔や雰囲気はまったく違うが、同じように花を作るのが好きだったおばあちゃんの面影《おもかげ》がふっとよぎった。

塔子は上海でコンサルティング会社を経営する女性実業家。そして同世代のライターのさくらは、真奈が名前を知っている雑誌にも原稿を書いているという。

「ライターさんだなんて、すごいですね……」

思わず感嘆《かんたん》した真奈に、さくらは大きく首を横に振った。

「全然、すごくなんかないですよ。完全に下請《したう》けだし、すごい安月給だし。毎日アップアップしてますよ」

「でも記名原稿も段々増えてきたんでしょう?」

柔らかく微笑んだ塔子に、さくらは勇んで向き直る。

「そうだ、塔子さん。来年、日中国交回復四十五年なんですよ。私、企画書作って編集部に持ち込みますから、もし通ったら、中国でがんばる実業家のひとりとして、今度取材させてもらえませんか」

突如取材モードに切り替わったさくらの抜け目のなさに、塔子も比佐子も声をたてて笑った。

年齢も境遇もまったく違うのに、豊かな語らいが淀みなく続く。

「そうそう」「分かる分かる」だけでつながれていない会話を、真奈は随分久しぶりに聞いた気がした。誰かだけが一方的に話すことも、誰かやなにかを扱き下ろしたり、貶《おとし》めたりすることもない。

話題や話し手はとりとめもなく切り替わっていくが、さくらの話にも、塔子の話にも、比佐子の話にも新鮮な驚きがあった。

なぜなら、彼女たちは、率直に自分のことを話している。

相手の言っていることをただ単に「繰り返し《リツイート》」したり、おもねるように「相槌《いいね》」をしたりはしていない。

とても楽しいはずなのに、真奈はいつしか、ワインをあおる手がとめられなくなっていた。

実業家もライターも楽であるはずがない。けれど塔子もさくらも、勇気をもって荒海の中を泳いでいる。

それに比べて、養殖魚の私は――。

なかなか布団の中から出られないときと同じけだるさが全身を包み、急に目蓋が重くなった。元々、アルコールに強いほうでもないのに、口当たりのよさにかまけて、飲み過ぎてしまったようだ。

しかもよく考えてみれば、遅い午後に起きてから、今日はほとんどまともなものを口にしていない。ぼんやりしていく意識の片隅で、呼び鈴が鳴った。

一気に海底の中が華やぐ。

落ちてこようとする目蓋を必死に持ち上げ、真奈はなんとか顔を上げた。

瞬間。

リビングの入り口に、あの見事な銀色のロングドレスを纏《まと》った、氷の女王が出現した。

百八十を超すと思われる堂々たる体軀《たいく》。鮮やかなピンクのボブウイッグ。

長い首にシルクのショールを巻き、両の耳には、大きな流線型のピアスが揺れている。

執事のようなスーツ姿の中年男性にエスコートされ、色とりどりのウイッグをかぶったドラァグクイーンたちに傅《かしず》かれ、その人は静々と部屋の中に入ってきた。

「オネエさん!」

「シャールさん!」

途端に、ジャダと常連たちの感極まった声が重なった。

「ようやく元気になったんですね。そのドレス、すっごいすてき」

「なんて綺麗なの。まるで本物の女神さまみたい」

「本当、本当。クリスタのスタイリングはやっぱり最高だわ」

沸き起こる賞賛の嵐の中、完璧なメイクを施されたその人の艶やかな唇が、きゅっと弧を描く。

「バカぬかすな、どこからどう見ても化け物だ」

ただひとり吐き捨てた柳田が、おつきのドラァグクイーンたちからあっという間に袋叩きにされた。

だが、柳田教諭《きょうゆ》の言うことも、あながち分からないではない。

ジャダとの出会いで、ドラァグクイーンには多少の免疫《めんえき》がついたつもりでいた真奈の眼にさえ、その人はこの世ならざる異界から現れたように映った。

この店の真の主にして、皆が待っていた〝シャールさん〟。

その人は、梁《はり》に頭がつかえてしまいそうなほど背の高い、優雅にしてどこか恐ろしい、女装《じょそう》の中年男性だった。

もっと見ていたいのに、どうしても目蓋が落ちてくる。

仕舞いには、頭の芯が痺れてきた。

「皆、お待たせして悪かったわね」

シャールの口から、深海を震わせるようなバリトンが響く。

「ただいま」

その嫣然《えんぜん》とした微笑みを見納めに、真奈はついに耐えきれず、テーブルの上に突っ伏した。

ふと気づくと、ゆらゆらと揺れる炎《ほのお》が眼に入った。

すぐ傍のテーブルで、小さな真鍮《しんちゅう》の蛙の置物が、キャンドルの載った皿を頭上に捧《ささ》げ持っている。

まだぼんやりしている頭を振り、真奈はソファの上で身じろぎした。体を覆うように掛けられていた柔らかな毛布が、胸元にずれ落ちる。

一瞬、真奈は自分がどこにいるのか分からなくなった。

随分長い間、海の中を揺蕩っていたような気がする。美味しい料理の匂いと、絶えることのない笑い声に満ちた、居心地のよい、温かな海だった。

「気がついた？　頭は痛くないかしら」

ふいに低い声が響く。

驚いて顔を上げれば、向かいのソファに、キジトラの猫を膝に載せたシャールが座っていた。大きな膝の上で丸くなったキジトラは、すうすうと安らかな寝息をたてている。

「私……！」

はね起きようとした途端、ずきりと頭が痛んだ。

「急に起きないほうがいいわ。ゆっくりしていてちょうだい」

「す、すみません……」

真奈は急に恥ずかしくなる。初めて出会った人たちの前で、こんなふうに酔い潰れてしまうなんて、ありえない失態だ。

一体今、何時なのだろう。随分と長い間、眠り込んでいたようだ。カーテンの引かれた窓の外は、深い闇に閉ざされている。

常連たちの姿は既になく、カウンターの奥からは、後片付けをしているらしいジャダの鼻歌が聞こえてきた。

「これを飲むと、少しは楽になるかもしれないわ」

キジトラの猫を丁寧に膝から降ろし、シャールがジェンガラの急須《きゅうす》から、コーヒーのような黒い液体を小さなカップに注いでくれた。

そろそろと身を起こし、真奈はカップを受け取った。

「苦っ」

ひとくち啜《すす》った途端、思わず声が出てしまう。コーヒーとはまた違う、舌を刺すような苦みだった。

「アーティチョークとたんぽぽのエキスなの。苦いけど、アルコールの解毒作用がとっても強いのよ。さ、がんばって、一気に飲んじゃいなさい」

穏やかなシャールの声に促され、真奈はひと息に真っ黒な液体を飲み干した。

瞬間、すっと鼻に抜けるような爽快感があった。

「……すごいですね」

「そうね、アーティチョークのエキスは苦いけど、即効性があるのよ」

感嘆した真奈に、シャールが優雅な笑みを浮かべる。

「私は自分が病気になってから、独学でハーブや雑穀の勉強を始めたの」

かつてストレスフルな職場で体調を崩し、改めて食についての考えを切り替えたのだとシャールは語った。

それでも病気はなかなか治らず、年明けに難しい手術を終え、この日、シャールは本格的に退院できたのだという。

「そうだったんですね」

真奈は空《から》になったカップをテーブルの上に置いた。

今日の集まりは、退院したシャールを迎えるための快気祝いのパーティーだったのだ。

「大変だったんですね」

「そうね。でも、病院食に飽きていたところに、皆から滋養たっぷりの薬膳《やくぜん》スープを差し入れてもらったし。あのスープをひとくち飲んだとき、自分は絶対に治るんだって思ったのよ」

「……食べ物って、すごいんですね」

「それはそうよ。自分の身体を作るものですもの」

シャールの柔らかな声を聞きながら、真奈は小さく下を向いた。

その大切な食事を、ちっとも楽しんでいない自分。人の顔色ばかりうかがって、何度も繰り返される話を聞いて、打ちたくもない相槌を打って——。

「ところで、あなたはどなたなのかしら」

ふいに尋ねられ、真奈はハッと我に返る。

「す、すみません！　私、西村真奈と言います。最近、偶然こちらのお店に寄らせていただいたものです」

「そうだったの。商品は気に入っていただけたかしら」

「はい、とても」

真奈は心からの相槌を打った。

「でも、私……」

急に真奈の声が小さくなる。

「……皆さんと違って、ただの派遣です」

真奈は深くうつむいた。海外で活躍する女性実業家に、日本中を取材で飛び回っているライター。そんなきらきらした人たちと比べたら、自分はどこにでも転がっているただの石ころだ。

その途端、大きな掌《てのひら》で、強く肩をつかまれる。

「ただの、なんていう職業はないわ」

「でも本当にそうなんです」

諭《さと》すような声に、真奈は反射的に身をよじった。

「私、子供の頃からそうなんです」

〝真奈ちゃんと遊んでも、面白くなーい〟

記憶の底にこびりついている声がどこかで響く。

「面白くないんです。つまらないんです。だから、友達もいないんです」

別に酷《ひど》い苛《いじ》めを受けたりしたわけではない。しかし言い換えるなら、それほどの個性もなかったのだ。

〝西村さん、いい人だもんね〟

白けたような、美知佳の声が耳朶を打つ。

いい人。いい人。

でも本当は、どうでもいい、いい人――。

その理由は真奈にも分かる。

「私、自分がないんです」

言葉にして吐き出した途端、鼻の奥がつんとした。気づくと、涙が溢れそうになった。

いっつも誰かの言いなりで、あっちについたり、こっちについたり……。

そんな人間と一緒にいて、面白いはずがない。

新しくやってきた派遣の峯山晶子にあって、自分にないのは勇気だけではない。

晶子にも、さくらにも、塔子にも。あの人たちには、しっかりとした自分がある。

けれど私には、圧倒的にそれがない――。

ついに堰《せき》を切ったように、こらえていた涙が溢れ出た。

膝の上で固く握った拳の上に、ぽたぽたと涙の雫《しずく》が散っていく。

「へーんな話ぃ」

唐突に大声が響いた。

涙に滲む視線を上げれば、洗い物を終えたジャダが、カウンターの向こうで腕を組んでいる。

「自分のない人間なんて、この世にいるわけないじゃない。だったらそこにいるあんたは、一体なんなのよ。あんたは今いる自分を差し置いて、ないものねだりをしているだけよ。それこそ、つまんない話だわ」

「これ、ジャダ」

すかさずシャールがたしなめた。

「だって、そうなんだもの」

ジャダは、開き直ったように鼻を鳴らす。

「その話が本当なら、今日あたしを助けてくれたのは、一体誰なのよ。マナチーじゃないの？もしマナチーがきてくれなかったら、あたしはおもてなし料理を作ることができなかったわ」

ジャダはしっかりと真奈を見返した。

「それにさ、あたしはもうとっくに、あんたのこと友達だって思ってたんだけど」

バンダナを外すと、そこに角刈《かくが》り頭が現れた。

突如、ジャダがあまり年の変わらない男性に見えて、真奈は大きく眼を見張る。

「それともなによ。おかまは友達のうちに入んないってか」

「そ、そんなことないです。ごめんなさい」

真奈は焦って頭を下げた。

「別に謝ってほしいんじゃないんですけど」

呆れたように溜め息をつかれ、真奈は益々萎縮する。

こんなとき、どんな言葉を返せばいいのかが分からない。だから自分は、やっぱりつまらないのだろう。

真奈が黙り込むと、部屋の中がしんとした。

「ジャダ、後片付け、お疲れさま」

そのとき、シャールがポンと掌を打って、ソファの上から立ち上がった。

傍らのキジトラが一瞬眼を覚ましたが、手足を思い切り伸ばしてあくびをすると、長い尻尾でくるりと自分の身体を巻くようにして再び丸くなる。

「さ、ここからはお茶の時間ね」

キジトラの猫の丸まった背中をひと撫でずると、シャールはドレスの長い裾をつまんだ。

「夜は長いわ。ゆっくりしましょう」

カウンターを回り込み、シャールは厨房に続く奥へ消えていく。

気まずい沈黙の中、真奈はジャダと二人だけでリビングに取り残された。角刈り頭を隠すように、ジャダはいつもの真っ赤なロングヘアーのウイッグをかぶる。

静かなリビングに、ガムラン・ドゥグンに代わり、今は、ヴァイオリンの独奏曲が低く流れていた。この曲は真奈でも知っている。

バッハの「G線上のアリア」。

ヴァイオリンのG線だけで演奏できてしまう曲なのに、なんて繊細《せんさい》で奥行きが深いんだろう。

優しい旋律が、真奈の心許なさをそっと撫でていくようだった。

「お待たせ」

やがて、お盆を持ったシャールが戻ってきた。

盆の上には、大きなポットと硝子コップに盛られたクリームのたっぷりかかったパフェのようなものが載っている。

「あら、綺麗！　オネエさんたら、また魔法を使ったの？　もう冷蔵庫には、ろくなものが残ってなかったはずなのに」

「ありあわせでも、これくらいのものは作れるわよ」

笑いながら、シャールは硝子コップをテーブルの上に置いた。

「あなたももう、食べられるかしら」

シャールに顔を覗き込まれ、真奈は慌てて頷《うなず》く。

アーティチョークの苦いエキスのおかげか、酔いはほとんど醒めていたし、実を言うと、かなりお腹が減っていた。

硝子コップを手に取り、真奈はハッとする。

「あら、これ！」

声をあげたジャダと、思わず眼を合わせた。コップの底に敷き詰められているのは、ぼろぼろに崩れた失敗作の蒸しケーキだった。捨てるには忍びなく、真奈が保存容器に詰めて、冷蔵庫に入れておいたのだ。

「うーん、美味しい！　なにこれ、ちょっとサバランみたいっ」

ひとくち食べた途端、ジャダが身悶《みもだ》えした。

真奈も添えられていたスプーンで、ケーキをひと匙掬《すく》ってみる。さっぱりしたクリームと、しっとりした甘酸っぱい蒸しケーキが口の中でゆっくり溶けあった。

唾液《だえき》腺が刺激され、顎の付け根がきゅうっと痛くなる。

「美味しい……」

真奈の口からも、うっとりした溜め息が漏れた。

それからは夢中でスプーンを口に運んだ。崩れた蒸しケーキの間に忍ばされた凍ったブルーベリーと胡桃《くるみ》が、絶妙なアクセントになっている。

「でも、どうして？　失敗ケーキはぱさぱさのはずだったのに」

勇んで尋ねたジャダに、シャールは優雅な笑みを浮かべた。

「オレンジジュースに浸しただけよ。後は冷凍庫にあったブルーベリーと胡桃をパラパラ散らして、最後に豆乳クリームを盛っただけ。あ、ジャダのには仕上げにラム酒を振りかけたけど、あなたのは、念のためノンアルコールにしておいたわ」

長い付け睫毛を伏せ、シャールがウインクする。そうすると、本当に異世界からやってきた魔女のようだ。

「これはね、イギリスの家庭料理で、トライフルっていうの」

ポットのお茶をジェンガラのカップに注ぎながら、シャールが語り始めた。

元々トライフルは、失敗したり古くなったりしたスポンジを食べるために考案されたデザートなのだそうだ。

ジュースに浸す代わりに、シェリー酒を使う大人版もあり、それはシェリー・トライフルと呼ばれるらしい。

「中に入れる果物やナッツは、なんでもいいの。要するに、ぱさぱさになったケーキとありあわせの果物でも、工夫次第で美味しいデザートに変身するってこと。イギリスのお母さんたちの知恵よね」

シャールの淹れてくれたお茶は、生姜とシナモンが効いていて、お腹の中からじっくりと温まってくるようだった。

お茶を飲みながらトライフルを味わううちに、心許なかった真奈の気持ちも、流れるヴァイオリンの旋律のようにゆったりと落ち着いてきた。

しっとり甘い蒸しケーキをもうひとくち口に入れたとき、ふいに、もう随分長い間忘れかけていた記憶が甦る。

「ガンヅキ……」

真奈の唇から言葉がこぼれた。

「え、なに」

「そうだ、ガンヅキです！」

聞き返したジャダに、大声で答えてしまう。

その瞬間、真奈の頭の中に、幼い頃、おばあちゃんが作ってくれた懐かしいおやつの味がはっきりと甦った。

茹《ゆ》でたトウモロコシや、ホイルに包まれた焼き芋《やいも》。畑で穫《と》れる季節の野菜の他に、たびたびおばあちゃんが手作りしてくれていたお菓子があった。

ほんのりお味噌《みそ》の味がする、甘い蒸しパン。

どこかで嗅いだことがあると思った懐かしい甘い匂いは、おばあちゃんがガンヅキを蒸しているときに台所から漂ってくるものだった。

「ガンヅキ？　知らないわねぇ」

「ええ。私もこっちにきてから見なくなりました。でも、おばあちゃんの故郷の東北では、畑仕事の合間に、お茶うけによくガンヅキを食べたそうなんです」

「どんなお菓子なの？」

「お味噌を入れた、甘い蒸しパンです」

「へぇー、面白いわねぇ」

「おやつにも、ご当地食ってあるものなのね」

真奈の説明に、ジャダもシャールもそろって声をあげる。

一瞬、真奈の心に、ふっと温かいものが湧いた。

〝あんた、やるじゃない〟

そう言って、ジャダに肩を叩かれたときと同じ、ささやかな充実感が込み上げる。

これくらいでいいのかな。

ふいにそんな思いが、真奈の胸の奥に兆す。

なにも特別なことは話せなくても、会話なんて、もしかしたらこんな感じでいいのかな――。

「でもそれは、なかなかすてきなお茶うけね。蒸すっていうのはね、実はとっても大事な調理方法なの。油で焼いたり、炒《いた》めたりしたものは、どうしても体を酸化させてしまうけど、優しい湯気でじっくり蒸し上げたものは、体を中庸《ちゅうよう》に導いてくれるのよ。だから……」

シャールは、ジャダと真奈を交互に指さした。

「蒸しケーキは、ジャダみたいにすぐカッカする陽性《ようせい》のタイプにも、真奈さんみたいにちょっと元気のない陰性《いんせい》のタイプにも、どちらにもぴったり合った、万能のお菓子なの」

「すっごぉーい」

真奈とジャダの声が重なる。

「今夜はイギリスのお母さんたちと、あなたのおばあちゃんの知恵に乾杯《かんぱい》ね」

シャールの音頭で、真奈とジャダはジェンガラのカップを高々と掲《かか》げた。

カップを合わせながら、真奈はなんだか誇らしい気持ちになる。ずっと外国の児童書の子供たちのおやつを羨《うらや》んでいたけれど、真奈のバスケットの中にだって、ちゃんとおばあちゃんのガンヅキが入っていたのだ。

「あ、それから」

お代わりのお茶を用意しながら、シャールがさりげなく続ける。

「言い忘れたけど、トライフルっていうのはね、〝つまらないもの〟って意味なのよ」

真奈はハッとしてシャールを見返した。

「ありあわせで作るから、そんな名前がついたのかもしれないわ」

シャールの唇に、ゆったりとした笑みが浮かぶ。

「でもすべての料理が、極上の素材で作られた特別なものである必要なんてないのよ。少なくとも、私はトライフルが大好き。こういうちょっとしたデザートって、食べてて気分が落ち着くし、なにより会話が弾むじゃない」

真奈の肩に、シャールが大きな掌を置いた。

「充分――。それだけで、充分よ」

深い声に、再び、鼻の奥がじんとする。

「言いたい人にはなんでも言わせておけばいいのよ。だって関係ない人から見たら、それこそあたしなんて、ただのおかまじゃないの」

「そんなこと……！」

「だからね」

慌てて否定しようとした真奈を、シャールは遮《さえぎ》った。

「あなたも、自分のことを〝ただの〟とか〝つまらない〟とか言っちゃ駄目。それは、あなたが支えている人や、あなたを支えてくれている人たちに対して、失礼よ」

穏やかだが、毅然とした口調だった。

いつの間にか流れていた音楽が終わり、部屋の中には、キジトラの安らかな寝息だけが響いている。

真奈の瞳《ひとみ》に、ゆっくりと温かな涙が込み上げた。


「お疲れさま」

打ち合わせスペースで、サンドイッチ片手に本を読んでいる峯山晶子の傍らに、真奈はラップでくるんだ蒸しケーキを置いた。

「え、なに？」

「作り過ぎちゃったんで、おすそわけです」

不思議そうに見上げる晶子に、できるだけ簡潔にそう答える。それから読書の邪魔《じゃま》をしないように、足早に打ち合わせスペースを立ち去った。

ファッション専門店シャールで買ったケープつきのお弁当入れを手に、真奈は階段をゆっくり上る。もう大勢で足並みをそろえて高層階の社食にいくために、焦る必要もない。

週明けから、真奈はひとりで外でランチを食べるようになっていた。

これからは、お弁当にしたんです――。

そう言ってグループランチを断った真奈を、美知佳は恐ろしい表情で睨みつけてきた。

〝西村が弁当作りなんて、続くわけないじゃん〟

〝そうそう。あんなに朝が弱いくせに〟

〝戻ろうったって、そうはいかないからね〟

背後で囁かれる声が、完全に怖くなくなったわけではない。突き刺すような視線や陰口に、今でも心臓をつかまれたようになるときがある。

けれど、真奈は知ってしまった。

社食から見下ろすだけだった皇居の緑の中には、どんなに寒い季節でも、小さな花や、色とりどりの小鳥たちがいる。

ベンチに座っているだけで、澄んだ声を上げて空を横切る黒い帽子《ぼうし》のシジュウカラや、木の根元をよちよち歩く、橙色の嘴《くちばし》のムクドリの姿を見ることができた。

もうどこにもないと思い込んでいた陽だまりの縁側は、公園の中にも自分で探し出すことができるのだ。そこで空を見上げていると、おばあちゃんが静かに見守ってくれているような気がした。

それに、ジャダと一緒に作った蒸しケーキは、慣れてしまうととても簡単だった。バターや卵を泡立てる必要もなく、基本的には混ぜて蒸すだけ。塩味のケーク・サレ等、バリエーションも豊富だ。

これに飽きてきたら、またシャールから新しい料理を習いたいと思う。

いつしか真奈は、料理が楽しくなってきた。同時に、食べることもどんどん好きになっていた。そうすると、SNSの使い方も変わってきた。

最近真奈は、毎日のお弁当をツイートするようになっている。目的意識が芽生えると、不思議なことに、延々意味もなくツイートを追うようなことも減ってきた。

満開の梅の花の蜜を吸うのに忙しいメジロたちの姿を眺めながら、真奈はかぼちゃとレーズンの蒸しケーキを頬張る。素朴な甘みが、ポットに入れたシナモンティーとよく合った。

誰にも気を使わなくていい、気楽で自由なランチだった。

一時間後、地下の職場に戻ると、既に晶子がヘッドフォンをかぶって作業に集中していた。

それに倣い、真奈もパソコンの画面と向き合う。

数時間、打ち込み操作を続けると、肩と首の付け根が固まったようになった。思わず息を吐き、伸びをする。

「お疲れさま」

そのとき、ふいにコーヒーの入ったマグカップがデスクに置かれた。晶子が真奈の分も淹れてきてくれたのだ。

「コーヒー、今落としたばっかりよ」

「す、すみません……」

「ついでよ、ついで」

微笑みながら晶子が自分のデスクにつく。

「それに、さっきのケーキのお礼。あれ、すごく美味しかった。西村さん、料理、上手だね」

真奈はハッとして顔を上げた。

だが晶子はもう、ヘッドフォンをかぶるとパソコンの画面だけを見つめている。

別に友達ではないかもしれないけれど。いつか晶子とは、自然な会話をもっと交わせる、〝仕事仲間〟になれるかもしれない。

真奈はマグカップに手を伸ばす。

淹れたてのコーヒーのいい香りが鼻孔を擽り、温かなものが心に満ちた。

どこかでシャールの深い声が響く。

充分――。

それだけで、充分よ。

第二話

梅雨の晴れ間の竜田揚げ

扉をあけると、むっとした。

十日間近く留守《るす》にしていた部屋には、梅雨《つゆ》時の湿気と共に、どこか獣臭《けものくさ》い匂いがこもっている。

両手に提げていた紙袋を玄関口に投げ出し六畳《じょう》ひと間に上がると、藤森裕紀《ふじもりひろき》は床に散乱している雑誌や紙くずを蹴散《けち》らし、窓を大きくあけ放った。

出かける前に、生ごみだけは出していったはずだけど――。

獣じみた匂いのもとをたどっていくと、敷きっぱなしの万年床にいきあたった。今まで気づきもしなかったが、どうやら自分は、相当汗臭い布団で毎晩寝ていたらしい。

二十八歳の成人男子は、オヤジ臭とまではいかないが、当然無臭というわけにもいかない。しかもよく考えてみたら、たまにシーツを取り換えるだけで、布団を干すなんてことはほとんどしたことがなかった。

明日はたまには早く起きて、布団でも干してみようか。

そこまで考え、裕紀は思わず苦笑した。

先程自分は両手一杯の荷物を抱えて難儀しながら傘《かさ》を差し、駅から商店街を抜けてようやくここまで帰ってきたのではなかったか。

トン　トトン……

暗い闇の中、雨だれが今も不規則にトタン屋根を叩いている。

梅雨入りしたばかりのしつこい雨が、そう簡単にやむとは思えなかった。

からりと晴れた空の下で布団を干す前に、自分はこの部屋から出ていくことになりそうだ。

そう思った瞬間、全身から力が抜けたようになった。卓袱台《ちゃぶだい》の前に座り込み、裕紀は暫《しば》し茫然とした。

どのくらいそうしていたのだろう。

ふと空腹を覚え、裕紀はのっそり立ち上がった。電気もつけずに自失していたことに思い当たり、壁伝いにスイッチを入れる。

白熱灯の下、雑然とした部屋の様子が浮かび上がった。

なにもないと思っていたけれど、いつの間にか結構荷物が増えている。特に資料や参考のために買った本や、雑誌や漫画《まんが》が壁沿いに地層のように積み重ねられていた。

原稿を見てもらっている編集者に紹介された漫画家の許《もと》でアシスタントをするようになってから、丸三年。それと同じ歳月を、裕紀はこの古いアパートで過ごしてきた。

網戸は破れているわ、トイレの水はしょっちゅう止まらなくなるわと、なにかと問題が多いぼろアパートだが、一応バストイレがついているし、なにより家賃《やちん》が安い。裕紀のような低所得者にとっては、ありがたい物件だった。

一時、この一帯を大手総合商社が買い取って、高所得者向けの分譲マンションが建てられるという話が湧き起こったことがある。そのときは、不動産管理会社から立ち退きを囁《ささや》かれたのだが、なぜか途中で立ち消えになった。借地権を持つ大家たちはぼろアパートの売却に積極的だったらしいが、なんでもこの周辺一帯の地権を持つ地主が、最終的に首を縦《たて》に振らなかったという噂だった。

理由はともあれ、志半ばだった裕紀は根城を失わずに済んだ。

アシスタントで微々《びび》たる生活費を稼ぎながら、寝て、起きて、描《か》いて、描き疲れて、明け方布団に倒れ込む――。

いつか独り立ちするまで、そうやって変わらぬ毎日が繰り返されるのだと、漠然《ばくぜん》と思い込んでいた。

ふと、押し入れの奥に詰め込まれた紙の山が眼に入る。

全部、没《ぼつ》になった原稿だ。捨てるに忍びなく、押し入れに詰め込んでいくうちに、いつしか布団を入れる場所がなくなってしまった。

思えばこの部屋は、新卒で入った会社を辞め、本気で漫画家になろうと心を決めて以来、一番「描いた」場所かもしれない。

でも、もうそれもおしまいだ。

三年間繰り返されてきた日々に、こんなふうに唐突に終止符が打たれることになるとは思ってもみなかった。

早朝、突然鳴り響いた電話から、この十日近くに亘る怒濤《どとう》のような日々を思い返すと、裕紀はにわかに胸が詰まったようになった。

もう、やめろ。お前には無理だ。

もしかしたら、そう言われたのかもしれない。

二度と口をきくことも、顔を見ることもできなくなったその人から。

強気な笑みが目蓋《まぶた》の裏に浮かび、裕紀は強くかぶりを振った。

苦い思いを押し殺して窓辺に近づけば、表からなにかを炒めるいい匂いが漂ってきた。

途端に、忘れかけていた空腹が甦る。午前中に駅のスタンドで掛《か》け蕎麦《そば》をかき込んだだけで、この日はろくにまともなものを食べていなかった。

窓を閉めかけた手をとめ、裕紀は外を覗《のぞ》いた。

また、あそこだ。

路地のつきあたりにある一軒家の玄関先に、ほんのりとしたカンテラの灯りがともっている。

毎日ではないが、ああしてあそこにカンテラが吊るされる晩は、いつも通りにいい匂いが漂う。

一体、あそこはなんなのだろう。

ここに越してきたばかりのとき、気になって様子をうかがいにいったことがあるが、そのときはど派手な洋服ばかりを並べている奇妙な洋服屋だった。

後に、不動産管理会社から、どうもあそこは妙な連中が集まっている場所だと聞かされてからは、できるだけ近づかないようにしてきたのだが。

雨の中、ゆらめくカンテラの灯りは裕紀を誘っているようだった。

ふいに、微かな笑い声が漏れ聞こえた。中庭に生い茂る木のせいで、家の様子はよくつかめない。だが耳を澄《す》ませば、雨音に混じり、確かに談笑している声が聞こえた。

夜になるとともる灯り。温かな料理の匂い。笑い声――。

多分こういうのを、団欒《だんらん》というのだろう。

そういえば、学生時代、部活から帰ってくると、よその家からはよく手料理の匂いが漂ってきた。ああいう家では「ただいま」と声をあげれば、「お帰りなさい」と振り返る笑顔があったのだろう。

大勢の人たちがいるのに、誰も自分を顧《かえり》みないというようなことは、きっとなかったに違いない。

裕紀が育った家は、団欒とは無縁だった。正月も夏休みも、家族でゆっくり過ごした覚えはない。

ま、当然だよな――。

ずるずると足を引きずり、裕紀は玄関先に向かった。投げ出した紙袋の中から、持たされた土産《みやげ》物の箱を取り出す。

包装紙を乱暴に破り菓子を取り出すと、裕紀は玄関先にしゃがんだまま、それを口の中に押し込んだ。


翌日、裕紀は大きな紙袋を持って、アシスタント先に向かった。

文豪が多く住み、かつては〝文士村〟と呼ばれていた小高い丘の上に、その漫画家の住まいはあった。裕紀が子供の頃から第一線で活躍しているベテラン漫画家は、今でも途切れることなく月刊誌に連載を続けている。

地下鉄の駅を出ると、曇天《どんてん》からは相変わらず雨がしとしと降り注いでいた。ワンタッチのビニール傘を開き、通い慣れた道を黙々と歩く。

幹線道路沿いは絶えず車が行き交い雑然としているが、この辺りは一歩脇道に入れば、静かな寺町になる。いかにも文豪が好みそうな、古色蒼然《こしょくそうぜん》とした町並みだ。

古いものにたいして関心のない裕紀ではあっても、もうこの道を通うこともなくなるのだと思うと、微かな感傷のようなものが胸の内を撫《な》でていった。

坂を登り切り、立派な石垣に囲まれた一軒家の前で立ちどまる。呼《よ》び鈴《りん》を押して名乗れば、門のオートロックが外される音がした。

「お疲れさまです」

玄関から入ってすぐの一室に入ると、パソコンの前で作業をしている三人の同世代の男女がちらりと視線を上げた。

「お疲れさまー」「お疲れでーす」

一応挨拶《あいさつ》を返してきた二人の向かいで、中澤《なかざわ》だけは裕紀のほうを見ようともしなかった。

事務室のようなその一室は、アシスタントルームと呼ばれている。漫画家が別室で描いた原画をパソコンに取り込み、仕上げはデジタル処理で行なうのが最近の漫画制作の主流だ。漫画原稿制作ソフトの進歩と普及により、最近は始めからタッチペンで作画をする漫画家も増えている。

このソフトのおかげで、べた塗《ぬ》りやスクリーントーン貼りも、クリックひとつで済むようになった。以前は苦心して行なったホワイトがけも、今はまったく必要ない。漫画のデジタル化は、制作時間を大幅に短縮することに成功したが、同時に、仕上げを担当するアシスタントは、パソコン操作さえ堪能なら、絵が描けなくても務まるようになってしまった。

その点、裕紀が師事している漫画家は完全なデジタル派ではなかったので、時折、主線を描かせてもらえることが勉強になっていた。

パソコン画面を見つめている中澤の後ろを通り、裕紀は奥の部屋の扉をノックした。

「どうぞ」と小さな声がする。

「失礼します」

扉をあけて部屋に入ると、インクの匂いと、脳天が痺《しび》れるような甘い香りが鼻孔《びこう》を擽《くすぐ》った。

漫画家のデスクの上に、大きな百合《ゆり》の花が活《い》けられている。たった一輪なのに、部屋中を満たすほどの芳香だった。作画が仕上がったときしか部屋を出てこない漫画家は、心なしか蒼白い顔をしていた。

この十日の間に裕紀に起きた事情については、既に電話で奥さんに説明済みだった。奥さんを通じ、漫画家にも大方のことは伝わっているのだろう。元々口数の少ない師匠と向き合い、裕紀は少し気まずくなった。

「藤森君、今幾つだっけ」

ふいに声をかけられ、裕紀は顔を上げる。

「二十八になりました」

「そうか……。それじゃ、いいタイミングだったかもしれないね」

師匠の言葉に、裕紀はやはり胸を衝かれる。

お前には無理だ。

ここでもそう言われたような気がした。

「いや、僕のときとは、状況が違っているから」

裕紀の顔色を読み、漫画家はそう言葉を濁す。

「出版界の状況は、悪くなるばかりだからね。こうして君たちみたいな若い人を、ここに縛《しば》りつけておいてよいものかどうか、悩むこともあるんだよ」

三年間師事していながら、別室に閉じこもり、あまり言葉を交わすこともなかった。よくも悪くも、淡々とした師匠だった。

それでも、パワハラを受けたり、バイト代を遅配されたりしたことは一度もない。それに、締め切り前に奥さんが作ってくれる賄《まかな》いは美味《おい》しかった。これが、自分が長年憧れていた家庭料理の味なのだろうと、切ない気分にもなった。

「お世話になりました」

裕紀は頭を下げて、紙袋を差し出した。

昨夜食べてしまわなかったほうの、地元のお土産だ。

「じゃあ、元気で」

紙袋を受け取ると、漫画家はもうくるりと背を向け、原稿と向き合った。デスクの向こうの大きな窓からは、晴れた日には富士山が見えるという。

いつか自分も、こんな机に座りたかった。

「失礼します」

その後ろ姿にもう一度頭を下げてから、裕紀は部屋を出た。

「おい、藤森！」

アシスタントルームを通って廊下に出た途端、背後から声をかけられる。振り向けば、無視を決め込んでいた中澤が、廊下まで追いかけてきていた。

「お前、故郷《くに》に帰って家業を継ぐって本当かよ」

いきなり強い口調で尋ねられ、裕紀は言葉を呑《の》み込んだ。そんなふうに言われると、自分でもそれが事実なのかどうか分からなくなる。

応えられずにいる裕紀に、中澤は皮肉な笑みを浮かべた。

「先生の奥さんから聞いたけど、お前、本当は老舗《しにせ》旅館のボンボンなんだってな。結局、漫画家修業もただの道楽だったってわけか」

「いや、俺は……」

中澤の激しい語気に、裕紀は口ごもる。

パソコン用ソフトの普及により、今はアシスタント修業につかなくても、誰もがネットで簡単に漫画を制作し、発表できる時代になった。新人賞などの登竜門をくぐることなく、人気ブログから、いきなりプロデビューするエッセイ系漫画家が大勢いる。

そんな中、同じように脱サラして修業の道に入った中澤とは、この三年間、互いに励《はげ》まし合いながらやってきた。たまに穴埋めに描かせてもらえるカットや四コマ漫画の仕事があれば、忌憚《きたん》なく意見を述べ合い、アイディアを絞って助け合った。

〝いいタイミングだったかもしれないね〟

淡々と呟いた師匠の声が、意外に強い力で、喉元まで出かかっていた言葉をかき消した。他に誰もいない廊下で、裕紀は暫し中澤と向き合った。

ふいと背けた中澤の横顔に、微かに寂《さび》し気な色が兆《きざ》す。つい「ごめん」と言いそうになったが、すぐにそれは違うと思い直した。中澤に謝ったところで仕方がない。

「いろいろありがとう」

代わりにそう告げれば、中澤の顔に苦々しい色が浮かぶ。

「潰しの利く奴はいいよな」

吐き捨てるなり、中澤はくるりと踵《きびす》を返した。

裕紀はなにも言えずに、遠ざかっていく背中を見送った。


アシスタント先での挨拶を終えた後、裕紀は再び地下鉄に乗り、今度は新橋《しんばし》に向かった。

駅前のコーヒーチェーン店は、大変な混雑ぶりだ。

新橋という場所柄か、席に座っているのは、ほとんどが暗色系の背広を着たサラリーマンだった。丁度《ちょうど》、早めの昼食を終えた彼らの休憩時間とぶつかってしまったようだ。

禁煙席の奥にかろうじて空いているテーブル席を見つけ、裕紀はそこに荷物を置いた。硝子《ガラス》の向こうの喫煙席《きつえんせき》は一杯で、立ったまま煙草《たばこ》を吸っている人の姿も見える。

裕紀は特に愛煙家でも嫌煙家でもないが、圧倒的に数が減っている喫煙者がこんなに多いのも、場所柄を感じさせた。

アイスティーのグラスを手に、椅子に腰を下ろす。東京を離れる前にもうひとり、裕紀には挨拶をしておかなければいけない人がいた。

背広族に合わせてか、店の中は強すぎるくらいの冷房が効いている。それでも梅雨時のじめじめした湿気が、店の奥にまで忍び込んできているようだった。

苦かったり甘かったりする一杯の飲み物で、ささやかに自身を癒《いや》しているサラリーマンたちの姿を見るうち、裕紀は自分にもこんな時期があったことを思い出した。

プロの漫画家を目指すと言って新卒で入った会社を辞めたとき、周囲の友人からはなにを考えているのかと心配された。わざわざ飲みに連れ出して、「もっと冷静になれ」と説教をした先輩もいた。

それでも、実家からは別段なにも言われなかった。

無論、言われたところで、決心を変えたとは思わない。だから、そうした軋轢《あつれき》がないことを、むしろありがたいと感じていた。

〝潰しの利く奴はいいよな〟

ふいに、中澤からぶつけられた言葉が耳朶《じだ》を打つ。

中澤に指摘されたとおり、裕紀の実家は、奥日光《おくにっこう》で百三十年の歴史を持つ家族経営の老舗旅館だ。

だが、裕紀は今の今まで、実家が自分にとっての〝潰し〟だと考えたことがなかった。

だって、そうだよ――。

物心ついたときから、あの家には、いつも自分の居場所がなかった。

〝ヒロちゃん、あっちにいっててね〟

〝お客さんの前に出てきちゃ駄目だからね〟

女将《おかみ》姿の母の袖にまとわりついては、邪険《じゃけん》に追い払われていた幼少期の自分を思い出すと、裕紀は今でも胸のどこかが微かに痛くなる。

長男の三喜彦《みきひこ》のときがどうだったのかは知らない。

けれど、当時、若女将から女将になったばかりの母は、遅くに生まれた次男坊に気を配っている余裕はないようだった。

その分、父からは甘やかされた。母よりひと回り年上だった父は、裕紀が子供のときから、お父さんというより、おじいちゃんといった風貌《ふうぼう》だった。四十代半ばを過ぎてから授かった裕紀を、父は眼に入れても痛くない程に可愛がった。

〝お前はいいよな。なにしても、怒られなくってさ〟

十歳違いの兄の三喜彦からは、よく冗談めかしてそう言われた。

〝俺なんて、テストの点が悪ければ拳固《げんこ》、駆けっこで負ければ平手と、さんざっぱら親父に殴られてきたけどな〟

兄の言葉を聞くたび、好々爺《こうこうや》然とした優しい父が、そんなことをするとはとても思えなかった。

それでも、甘えたい盛りの裕紀にとって、盆暮れとなく背中ばかりみせる母への不満は募《つの》るばかりだった。

構ってもらいたくて、つい、母が嫌がることばかりしてしまう。箪笥《たんす》から女将用の着物を引っ張り出して皺《しわ》くちゃにしたり、子供部屋の壁中に油性ペンで落書きをしたり、疲れ切って台所でうたた寝をしている母の前で、わざと夕飯の皿をひっくり返したりもした。

そのたびに母は、額《ひたい》に青筋を立てて怒った。

〝ヒロちゃん、いい加減にして。お願いだからこれ以上、ママの仕事を増やさないで〟

母があげた悲鳴のような金切り声は、今も鼓膜《こまく》の奥にこびりついている。

父に叱《しか》られないのをいいことに、小学生時代の裕紀は勉強もまったくしなかった。いつも宿題を放り出し、漫画ばかり読んでいた。

漫画の世界は自由だった。元気と勇気と冒険とスリルに満ち満ちていた。

本を読むのは苦手だったけれど、漫画なら、いくらでも読むことができた。漫画を読んでいると、自分を顧みようとしない母のことも、旅館の厨房《ちゅうぼう》の余りものばかりが上るひとりきりの食卓のことも、全部忘れることができた。

そのうち裕紀は好きな漫画家の絵を模写し、自分でもノートに漫画を描くようになった。

同じ年のとき、兄は八十点を取って拳固で殴られたというが、裕紀が赤点を取っても、父は「うちには三喜彦がいるんだから、裕紀はそんなことできなくていい」と笑っていた。

父にねだりさえすれば、漫画本もいくらでも買ってもらえた。

ただ母だけが、成績表を見て重い溜め息をついていた。

〝ヒロちゃんは、ママの子とは思えない〟

母がそう呟くのを聞いたとき、胸の奥がずんとした。父に殴られることこそなかったが、それと同等かそれ以上のダメージを、子供時代の自分は確かに受けてきたのだと裕紀は思う。

お前はいいよな。

笑いながらそう告げてきた、兄の面影《おもかげ》が胸をよぎる。

実際そうでもなかったよ、兄貴——。

アイスティーを飲みながら、裕紀は小さく息をついた。

年の離れた兄の三喜彦とは、喧嘩《けんか》をした覚えもない。

裕紀がやっと小学生になったとき、三喜彦はもう高校生だったのだ。七歳の裕紀の眼に、十七歳の三喜彦は、既に大人と同じに映《うつ》った。

父に厳しく躾《しつ》けられた三喜彦は優秀で、運動でも勉強でも、裕紀が足元にも及ばないほどよくできた。

年齢が違うのだから仕方がない。相手は、自分に比べて大人なのだから当たり前。

そんなふうに、自分を誤魔化せていたのは、一体、いくつくらいまでだったろう。やがて裕紀は、たとえ自分が三喜彦と同じ年になっても、絶対に兄に追いつくことはできないと悟るようになった。

兄と自分では、そもそも出来が違ったのだ。

〝ヒロちゃんは、ママの子とは思えない〟

母の言葉の真意がどこにあったのか、そのとき、裕紀にははっきりと分かった。

〝裕紀は裕紀のままでいい〟

いつもそう言ってくれていた父が病床に就くようになったのは、裕紀が十歳になった頃だ。元々、級友たちの父親より白髪や皺の多かった父は、入退院を繰り返すようになってから、一層老けた。

四代続けてきた旅館を父の代で絶やすわけにはいかないと、母は益々しゃかりきになって女将業に励むようになった。当時、兄の三喜彦は東京の大学に通っていたが、暇を見つけては帰郷して母を支えていた。

裕紀が小学校を卒業する直前に、父は肝臓の病気で他界した。そして兄の三喜彦が大学を卒業すると同時に、旅館の五代目を継ぐことになった。

最初の頃こそ、父の妹婿《むこ》である義理の叔父《おじ》に頼っていたようだが、子供の頃から優秀だった三喜彦は、やがて辣腕《らつわん》を振るうようになり、新しい方針を次々に繰り出した。それまでの団体客路線を廃し、ひとり客や女性客に向けて徹底的にリニューアルを行なった。

特に、温泉旅館には珍しい、ホテルのようなレイトチェックアウトやブランチを取り入れたことが話題を呼び、父亡き後、母である女将を支える若き五代目の姿は、度々メディアにも取り上げられるようになっていった。

そんな兄に、母は頼りきりだった。時折家に届く雑誌には、まるで恋人同士のように寄り添う母と兄の姿が、よく掲載《けいさい》されていた。

今思えば、母も兄も必死だったのだろう。

そしてその半分は、まだまだ学費のかかる裕紀自身のためであったとも思う。

けれど裕紀は、父の死後、益々家の中に自分の居場所を見つけられなくなった。もう、母の関心を引きたがる年齢ではなかったが、幼い頃から埋められなかった胸の奥を、いつしか年齢にそぐわない諦観《ていかん》のようなものが占めるようになっていた。

中学生になってから、裕紀は家を出ることしか考えなくなった。

〝うちには三喜彦がいるんだから、裕紀はそんなことできなくていい〟

要するに——。兄がいれば、自分はいなくてもいいということだ。

亡き父の言葉を、やがて裕紀は勝手にかいつまみ、自分なりにそう解釈するようになった。そこに生まれる寂しさを、逆手に取ることにも長けてきた。

考えてみれば、優秀な兄がいてくれてよかったのだ。

おかげで自分は、古臭い家業に縛られることなく、自由に生きることができる。しがらみも責任もない。夢中になって読み耽《ふけ》った漫画の主人公たちのように、自分はすべてから解き放たれて、自分の道を自由に進むのだ。

思えば、冒険漫画の主人公たちは、なぜかほとんどが孤児だった。それだけ日本の家制度は、男子にとって重いということなのだ。

寂しさと引き換えに、自分は奔放《ほんぽう》な自由と冒険を手に入れた。そう考えることにした。

その途端、すっと気が楽になった。

母にべったり寄り添われている兄の写真を見るたび、「ご苦労なことだ」と冷静な感想を抱く余裕ができた。地元の名士として、この先も兄は、先祖代々受け継がれてきた家業と土地に縛られて生きるのだ。

それに比べ、自分は気楽な次男坊。

もう完全に実家との縁を切り、独立独歩で我《わ》が道を歩いていくつもりだった。

それなのに――。

一体なぜ、こんなことに。

早朝鳴り響いた不吉な電話のことを思い返していると、ふいに、眼の前に人の立つ気配がした。

「ごめんなさい。お待たせしちゃいましたか」

大きなバッグとビニール袋に入れた傘を持った、堀内《ほりうち》美南《みなみ》が軽く息を切らしていた。バッグを抱えていたらしい右肩が、びっしょり濡れている。

「いや、僕が早く着きすぎちゃったんです」

重いバッグを抱えている美南のために、裕紀はソファ席へ移ることにした。サラリーマンたちの休憩時間が過ぎたようで、店の中は空席が目立つようになっていた。

「今、外、すごい雨ですよ」

ジャケットから取り出したハンカチで肩をぬぐいながら、美南は裕紀の後に続く。

店の奥にいたため気づかなかったが、言われて外を見れば、スコールのような雨が舗道に叩きつけていた。梅雨というより、嵐《あらし》のような様相だった。

「なんだか、日本も変な気候になっちゃいましたよね。毎年、同じことを言ってる気もしますけど」

そう笑みを浮かべると、美南は自分の飲み物を買いにレジに立っていった。

堀内美南は、裕紀の原稿と初めてまともに向き合ってくれた月刊漫画雑誌の編集者だ。

私も新人なんで、一緒にがんばりましょう――。

そんなふうに言ってくれる美南と知り合えたのは、裕紀にとって幸運なことだった。それまでに出会った編集者といえば、持ち込み原稿を紙くず同然に扱う居丈高な連中ばかりだった。

アシスタント先を紹介してくれたのも、時折、カット描きの仕事を回してくれたのも美南だ。

だが、美南がどんどん編集者としての実力をつけていく傍《かたわ》らで、裕紀は結局、掲載水準に至《いた》る原稿を仕上げることができなかった。

「このたびは、本当にすみません。たくさん応援してもらったのに……」

カフェオレを手に戻ってきた美南に、裕紀は深く頭を下げる。

それを制するように、美南はバッグをあけて原稿を取り出した。ビニール袋にくるまれた原稿が、テーブルの上に置かれる。

裕紀が最後に美南に預けた原稿だった。

「原稿、よくなってると思う」

美南は裕紀の眼を真っ直ぐに見てそう言った。

「ストーリーも面白いし、絵もどんどんうまくなってる。ただ……」

小さく息を吸ってから、美南ははっきりとした口調で続けた。

「キャラクターに魅力《みりょく》がないの」

それは、昔からの裕紀の課題だった。

〝面白くねえんだよ。話じゃなくて、キャラクターが〟

美南に出会う前から、多くの編集者からも同じことを言われてきた。

裕紀は黙って原稿を受け取る。

「それでね、私、今まで藤森さんから読ませてもらった原稿のことを、一から思い返してみたんだけど……」

以前なら嬉しく思った美南の熱心さが、今の裕紀には苦痛だった。

なぜなら、この原稿を描きなおすことは、もう、これからの自分にはできないからだ。

「藤森さんの主人公は、悲しみや苦しみと、ちゃんと向き合ってないんですよ」

しかし、美南の口から発せられた言葉に、裕紀はどきりとした。

「ようやく、分かったんです。冒険ものとか、ファンタジーとか、ミステリーとか、いろいろ描いてもらったけど、どの漫画の主人公も、皆なんとなく淡々としてるの。だからどんなに危機があっても、冒険があっても、読者はハラハラドキドキできない。感情移入ができないんです」

「でも、少年漫画の主人公って、そういうものじゃないの？」

裕紀は思わず反論していた。

元気一杯で、勇気凛々《りんりん》で、なにがあってもうじうじしない。

だからこそ、子供時代の裕紀があんなに夢中になって憧れたのではなかったのか。

「サブカル系は別かもしれないけど、僕が描きたかったのは、純粋に強い主人公で……」

「ううん、違う」

言いかけた裕紀を、美南は強い口調で遮《さえぎ》った。

「サブカル漫画も、少年漫画も関係ない。本当に強いのは、自分の中の弱さと、ちゃんと向き合ってる主人公だよ。私にはね、藤森さんの漫画の主人公は、ただ単に、空《から》元気を出しているようにしか見えない」

裕紀は口をつぐむ。

最後の最後で、美南に痛いところを突かれた気がした。

二人が黙ると、強い雨の降る音が、店の奥のほうまで響いてきた。

「じゃあさ、やっぱりそうなんだよ。俺、所詮は地方で甘やかされて育ったボンボンだから」

沈黙に耐えきれずに口を開けば、皮肉な言葉がこぼれ出る。

「親父に殴られたこともないし、優秀な兄貴がいたから、今の今まで家のことで苦労したこともなかったし。本当の強さなんて、結局、分からないんだよ」

吐き捨ててから、裕紀は小さく眼を見張った。

眼の前の美南が、今までに見たことがない程寂し気な表情をしていた。

「す、すみません」

慌《あわ》てて頭を下げれば、即座に首を横に振られる。

「こちらこそ、ごめんなさい」

美南も深く頭を下げた。長い前髪がテーブルに着きそうになる。

「今まできちんと言葉にできなかったのは、編集者としての私の責任です。こんな大変なときに、混乱させるようなこと言っちゃって、本当にごめんなさい」

突如、裕紀のもとに飛び込んできた訃報《ふほう》を、一番初めに伝えた相手は美南だった。

十日前、兄の三喜彦が、脳溢血《のういっけつ》で急逝《きゅうせい》した。

〝社長が、三喜彦君が……〟

義理の叔父の第一声を聞いたとき、裕紀が感じたのは、悲しみではなく怒りだった。なぜなら、そんなことはありえないと思ったからだ。

何年振りかに連絡をしてきたと思ったら、突如そんなわけの分からないことを言い出す叔父に、裕紀は猛烈な怒りを感じた。

だがその後、声もろくに出せない程憔悴《しょうすい》しきっている母が電話口に出たとき、さすがにこれが悪い夢などではないのだと感じた。

それでも、実際に家にたどり着くまで、ずっとふわふわした気味の悪い浮遊感につきまとわれた。

元々盆も正月もない旅館稼業の実家に裕紀が戻ったのは、実に七年ぶりのことだった。

病院から家に送られてきた兄の顔には、白い布が掛けられていた。兄嫁に促され、薄い布を外すと、まるで眠っているような静かな顔が現れた。

〝ヒロちゃん……〟

そのとき、突如、細い指で腕をつかまれた。そこには、すっかり白髪の増えた母がいた。

〝ヒロちゃん、ヒロちゃん、ヒロちゃん……〟

七年ぶりに会った母は、こんなに小さかったかと思うくらいに痩《や》せていた。夫にも長男にも先立たれてしまった母は、その痩せ細った指で、裕紀の腕をつかんでなかなか離そうとしなかった。

それから、兄嫁と旅館の専務でもある義理の叔父を中心に通夜と告別式が行なわれた。弱りきってしまった母はまともに話すこともできず、裕紀と一緒にただ茫然としていた。

藤森の名を掲げた旅館と、ひとり残された母のために、実家に戻ってきてはくれないか――。

義理の叔父からそう相談を受けたのは、初七日の法要が終わった晩だった。

そのときはただの打診だと思ったが、東京に戻る頃には、それが懇願《こんがん》になっていた。

〝裕紀君、会社も辞めて、今はなにもしてないんだろう？　女将さんのためにも、頼むよ〟

なにもしてない――。

今の自分の状況は、傍《はた》からは、そう思われても仕方がないものなのだろう。

それに、抜け殻のようになっている母の姿を見てしまうと、無下に断ることができなかった。

〝近いうちに上京する用があるから、そのときにまた詳しいことを相談しよう〟

叔父に押し切られたまま、裕紀はひとり東京に戻ってきたのだった。

兄にすべてを押しつけて、気楽な冒険に出ていた空元気の次男坊は、結局、しがらみを断ち切ることができなかった。

お前はいいよな。

そう笑った兄の面影が胸をよぎり、裕紀は深くうつむいた。

「いろいろ言いましたけど、私、やっぱり藤森さんの描く絵が好きでした」

ふいに響いた美南の声に、裕紀は我に返って顔を上げる。

「藤森さん、どうか、お元気で。これからも、がんばってください」

最後は笑顔でそう言うと、飲みかけのカフェオレをトレイに載せて、美南は席を立った。

ひとり残された裕紀は、大きなバッグを抱え、叩きつけるような雨の中に出ていく美南の後ろ姿を見送った。

テーブルの上には、ビニールにくるまれた原稿が置かれている。雨に濡れないように、美南が気を使ってくれたのだろう。

裕紀はそれを手に取り、ビニールをあけてみた。

原稿には、美南の几帳面な文字でアドバイスが記された付箋《ふせん》が、いくつも貼りつけてあった。


地元の駅に着いたときには、あれほど降っていた雨がやんでいた。

空には大きな雲が飛び、風が強く吹いている。それでも気温はあまり下がらず、駅前にはむっとした熱気が立ち込めていた。

裕紀は新しく開発されたショッピングモールとは反対の商店街側の出口を出て、路地を歩き始めた。通路のあちこちに、大きな水溜まりができている。

美南に返してもらった原稿を手に、裕紀は注意深く水溜まりを避けながら歩いた。

ふと、去り際に美南が浮かべていた、少し寂し気な笑みが甦る。

美南は福島《ふくしま》の南相馬《みなみそうま》市の出身だった。避難指示は解除されたと言っていたが、震災以降、自分の住んでいた町が大きく変わってしまったことに、美南は心を痛めていた。

でも、私はこっちでがんばって、いつか皆を元気にできるような作品を届けたいの――。

以前、美南はそう胸のうちを語ったことがある。

その熱のこもった眼差《まなざ》しを思い返すと、裕紀はなんだか己が恥ずかしくなった。

アシスタント仲間だった中澤も、広島《ひろしま》の出身だ。

だが美南も中澤も、自分のように故郷から逃げてきたわけではない。それをしっかりと胸に抱いて、東京で踏ん張っていたのだ。

東京でゆらゆらと漂うような毎日を過ごし、今度は引《ひ》き潮《しお》に引っ張られるようにして故郷へ戻っていく自分の素行が、〝ただの道楽〟と蔑《さげす》まれたところで仕方がない。

結局裕紀は、故郷にも東京にも、責任を持っていなかった。

そんな自分が今更帰ったところで、果たして兄の代わりが務まるだろうか。

今まで旅館経営のことは、すべて兄と母に任せきりにしていたのだ。古いアパートを根城に漫画ばかり描いていた自分が、真っ当な六代目になれるとは到底思えない。

旅館の会計係も務めている義理の叔父は、その辺りを本当はどう考えているのだろう。

〝本家の跡取りは、もう裕紀君だけなんだし〟

今どき、信じられないような古臭い言葉を持ち出してきた叔父の様子を思い出し、裕紀は深く息をついた。

商店街の外れの細い路地に入ると、舗装が砂利《じゃり》道に変わる。水はけの悪い砂利道は、先の豪雨でぬかるみになっていて、あっという間にスニーカーが泥だらけになった。

難儀しながらアパートの前までくると、白髪をバレッタでまとめた老婦人が、風で倒れた植木鉢をひとつひとつ起こしていた。

この人は確か——。

一階の角部屋に住んでいる、独居老人だ。

最近この老婦人は、鉢植えの花を育てて、アパートの前に並べている。おかげで殺風景な路地が、少しは見られるようになっていた。

だがこんな高齢になってたった一人でぼろアパートに住んでいるなんて、随分と心細いことだろう。

ふいに、その細い身体が、やつれきっていた母の姿と重なった気がした。

気がつくと、裕紀は老婦人を手伝って、植木鉢に手をかけていた。

「まあ、ご親切に」

老婦人が柔《やわ》らかな笑みを浮かべる。優し気な細面は、かつての美貌を偲《しの》ばせた。

起こした鉢には、薄紫色の萼《うてな》に包まれた淡い黄色の可憐な花が咲いていた。幸い、茎や蕾《つぼみ》に傷はついていないようだ。

「綺麗なオダマキですね」

思わず呟くと、老婦人がぱっと顔を輝かせた。

「あら！　お若いのに、よく花の名前をご存じなのね」

「あ、いえ……」

裕紀は口ごもる。

宿泊客を見送ると、母はいつも庭に咲く季節の花々を摘んで旅館のあちこちに飾り、次のお客を迎える準備をした。

ママ、ママ、この花、なあに？

柏葉紫陽花《カシワバアジサイ》、オダマキ、テッセン、トケイソウ……。

しつこく母の後をついて回っていた裕紀に、母はそうやって、ひとつひとつ花の名前を教えてくれた。

お客を見送った後は、母も少しは余裕があったのだろう。数少ない、母との穏やかな思い出だった。

「でもこのままだと、また風で倒れますよ」

「そうねぇ……」

裕紀の指摘に、老婦人は小さく首を傾《かし》げる。少女のような仕草だった。

「ちょっと待っていてください」

原稿を抱え直し、裕紀は階段を駆け上った。押し入れのどこかに、雑誌を括《くく》るビニール紐《ひも》があったはずだ。

玄関の扉を開くと、新聞受けのところに宅配便の不在連絡票が入っていた。差出人は義理の叔父。

そういえば、別れ際に、資料を送ると言っていたっけ――。

不在連絡票をジーンズのポケットに入れ、裕紀は泥だらけのスニーカーを脱ぎ捨てて部屋に入った。

ビニール紐を手に再び戻れば、老婦人は本葉が出始めた朝顔の苗を眺めていた。

「園芸の本には、間引きをしたほうがいいって書いてあるんですけど……」

裕紀の顔を見るなり、老婦人は軽く眉を寄せる。

「せっかく生えてきた苗を間引くなんて、とてもできそうにないわ。小さくても、違う色の朝顔がたくさん咲いたほうが嬉しいし」

裕紀は黙ったまま、鉢植えをビニール紐で巻いて階段の手すりに結わえつけた。

すべての鉢を固定し終えると、老婦人はことのほか喜んだ。

「本当にすみません、なにもかもお世話になって」

「いや、アパートの前が綺麗になるのは僕も嬉しいですし」

この老婦人がよくアパートの前を掃《は》き清めているところを、裕紀は何度か見かけたことがあった。

「どうしようもないぼろアパートですけど、花があるだけで、随分まともに見えますよ」

だが裕紀がそう言うと、なぜか老婦人は少し複雑な表情になった。

考えてみれば、高齢の独居老人を受け入れるアパートというのも、都内では段々に減ってきているのに違いない。

「あ、でも、取り壊しの話が無くなって本当によかったですよね。最近この辺も、駅の開発があってから、やたらタワマンが建ってますからね。どこの誰だか知りませんが、地主が酔狂な人でよかったですよ」

フォローのつもりで言ったのだが、老婦人は益々困ったような顔をしていた。

老婦人と別れて部屋に戻ると、裕紀は万年床の上に倒れ込んだ。

バイト先と、唯一原稿を見てくれていた編集者に挨拶を済ませた実感が、今になって込み上げてくる。

呆気ないな――。

そう思った瞬間、全身から力が抜けた。

そのまま、いつの間にか眠ってしまっていたらしい。

けたたましく鳴り響く呼び鈴の音で眼が覚めたときには、すっかり夜になっていた。

寝ぼけ眼で扉をあければ、叔父からの荷物の再配達だった。伝票にサインをして荷物を受け取り、暗い部屋に戻ってくる。

そのとき、階下で華やかな笑い声が響いた。

荷物を床に置いて窓辺に近づくと、階下の老婦人の部屋に誰かがきていた。若い女性のようだった。

孫――?

いかにもＯＬ然とした服装の女性と一緒に、老婦人が表へ出てくる。

「比佐子《ひさこ》さん」

女性が老婦人にそう呼びかけているのを聞き、裕紀は二人が祖母と孫の関係ではないらしいことに気がついた。

ならば二人は一体どういう関係なのだろう。

なにやら楽しそうに話しながら、二人はまだ水溜まりの残っている小道を歩き、そして――。

あのつきあたりの、中庭にハナミズキが緑の葉を茂らせている古民家のような家に向かっていった。

今夜も門の脇に、仄《ほの》かな灯りのカンテラがともっている。

玄関のあく気配がし、年の離れた二人の女性の影が、吸い込まれるように家の中に消えていった。瞬間、美味しそうな料理の匂いが辺りに漂う。

やっぱり、あそこは飲食店なのだろうか。

しかも、あんな普通の女の子も通う店なのかと、裕紀は少し驚いた。

しばらく窓越しに眺めているると、家の奥から微かな笑い声が漏れ聞こえてきた。

ふと裕紀の脳裏に、昼間の老婦人が若い女性と一緒に食事をしながら笑っている様子が浮かんだ。もしかすると彼女は、裕紀が想像していたような、孤独な老人ではないのかもしれない。

そのとき、空っぽの胃が、ぐぅと低い音をたてた。

部屋の電気をつけ、冷蔵庫をあける。干からびたパンがあるだけで、ろくなものが入っていなかった。あの老婦人より、自分のほうがよっぽど孤独な気がしてきた。

パンを手に居間に戻り、叔父からの荷物をあけてみると、中からたくさんの書類が出てきた。眼を通すのも億劫《おっくう》で、そのまま卓袱台の上に投げ出す。

すると書類の中から、一冊のスクラップブックが滑《すべ》り出た。何気なく手に取り、ページを開いてみてハッとする。

〝老舗旅館をリニューアルした革命児〟〝若き五代目の挑戦〟

いろいろな媒体《ばいたい》に取り上げられた兄の記事がスクラップされていた。

どの記事にも、カメラを真っ直ぐに見て、強気な笑みを浮かべる兄の姿が載っている。

読んでいるうちに、胸の奥が痛くなった。

生前何度も眼にした強気な笑みと、薄い布の下に隠されていた、眠っているような静かな白い顔が重なり、裕紀はいつしか目蓋をきつく閉じた。

子供の頃から常に見上げ、憧れ、いつかは自分もこんなふうになれるのかと思っていた。

だが今はもう知っている。

どれだけ経験を積んだとしても、兄に追いつけるわけがない。

この兄の代わりなど、自分に務まるわけがない。

「兄さん、どうして死んじゃったんだよ……」

薄暗い部屋の中、裕紀の悲痛な声が響いた。


翌週は大変な猛暑となった。

都営地下鉄の長い階段を上り終えて地上に出た途端、アスファルトから立ち昇る熱気に、裕紀は眩暈《めまい》を起こしそうになる。

区内では今年初めて、光化学スモッグ警報が発令されたらしい。

義理の叔父とは、浅草《あさくさ》の喫茶店で落ち合うことになっていた。日光への私鉄特急の始点が浅草のため、銀行の用でたびたび上京する叔父は、東京暮らしの裕紀よりもこの界隈《かいわい》に詳しいようだった。

平日にもかかわらず、雷門《かみなりもん》前は観光客でにぎわっている。浅草土産を両手一杯に抱えた観光客たちは、ほとんどが中国人のようだ。彼らはうだるような蒸《む》し暑さにも、光化学スモッグ警報にも負けず、巨大な提灯《ちょうちん》を前に、楽しそうに自撮り棒で写真を撮っていた。

中国人観光客たちを横目に、裕紀は裏路地に入る。

叔父が待ち合わせ場所に指定してきたのは、昔ながらの純喫茶だった。

古びた扉を押しあけると、先にきていた義理の叔父がすぐに手を上げた。チェーン系コーヒー店では、いつも空席を探すのに苦労するが、クーラーのあまり効いていない店内には、叔父の他にほとんど客がいなかった。

「いやあ、東京は暑いねぇ」

既にアイスコーヒーを飲み終えている叔父は、裕紀の姿を見るなり眉を下げて笑った。叔父の禿《は》げ上がった額としもぶくれの頬《ほお》を見るたび、裕紀はいつもゆで卵を思い起こす。

「この間送った資料には、眼を通しておいてくれたかな」

「叔父さん、その件なんですけど……」

「まあ、まずは座りなさい。えーと、コーヒーでいいのかな」

「いや、ですから」

「あ、やっぱり、アイスのほうがいいか。ここの、水出しでね、美味《うま》いんだよ」

元々叔父は、裕紀の意見を聞くより、自分の意見を述べることにしか関心が向いていない。

「……それじゃ、アイスコーヒーで」

裕紀は半ばあきらめたように、向かいの椅子に腰を下ろした。

「マスター、アイスコーヒーをひとつ。それから僕にもお代わりね」

叔父は馴染みらしいマスターに、いそいそと声をかける。カウンターの奥のバーテンダーのようなマスターが、小さく顎《あご》を引いた。

「で、来月には戻ってこられそうかい？　こちらは、早ければ早いほど、ありがたいんだけど」

柔和な表情にもかかわらず、ゆで卵のような叔父は意外に押しが強い。「まあまあ」「いいからいいから」といいなされているうちに、いつの間にか、こちらの意見がなかったことにされてしまう。

「叔父さん」

しかし裕紀は、ここで言いくるめられてはならぬと声を張った。

「改めてお聞きしますが、叔父さんは、僕に六代目が務まると本気でお考えですか。僕は兄と違って学もないですし、観光業なんて、まったくの素人《しろうと》なんですよ。旅館組合にだって、一度も顔を出したことがありません」

ここ数日、時間のできた裕紀は、自分なりにいろいろなことを調べてみた。

「今は旅館の看板を守ったまま、経営を他の会社に任せることもできるようですよ。会社の根幹は叔父さんが管理して、経営や戦略についてはそういうところに委託《いたく》することを考えたほうが……」

「女将さんがね」

身を乗り出して続けようとした裕紀を、叔父がやんわりと遮る。

「裕紀君もこの間自分の眼で見たと思うけど、女将さんが、すっかり弱っちゃっててね」

母のことを持ち出されると、裕紀も口を閉じるしかなくなった。

叔父はストローの袋を弄《もてあそ》びながら、背中を丸める。

「ここだけの話なんだけどね、理佐子《りさこ》さんと女将さんは、元々相性があんまりよくなくってね。ま、嫁と姑《しゅうとめ》の相性がいいほうが、珍しいのかもしれないけど……」

理佐子さん――。

裕紀の脳裏に、兄の葬儀《そうぎ》の間中、硬い表情をしていた兄嫁の姿がよぎった。思えば、先の帰郷の間、母と兄嫁はほとんど会話らしい会話を交わしていなかった。

「まあ、女将さんの気持ちも分からなくないんだよ。女将さんて……裕紀君のお母さんて、完全に〝嫁〟世代の人だからね。きっと大変な覚悟をされて、老舗旅館にお嫁入りしてきたんだと思うよ。女将修業も、今とは比べ物にならないくらい厳しかったし。でも、理佐子さんは現代《いま》の女性《ひと》だからね。そりゃあ、なかなかうまくいかないよ」

兄と兄嫁の間には、二人の子供がいる。九歳の男の子と、四歳の女の子だ。

子育てに手がかかることを理由に、理佐子は女将修業どころか、旅館にもほとんど出てこないという。

「社長になった三喜彦君も、それでいいと思ってたみたいだし、却ってそれが、母である女将を支える若き五代目ってことで、美談にもなってたわけだしさ」

そう言われてみると、「藤森旅館」を取り上げた記事に登場するのは、いつも兄と母の姿ばかりだった。そこに若女将の気配はなく、上質な着物を着て髪を結った母が現役女将として、兄にべったり寄り添っていた。

「普通なら、嫁さんが女将修業している間、姑さんが子育てを手伝うんだろうけど、理佐子さんはそれが嫌だったんだろうな。ま、三喜彦君の生前は女将さんも元気だったから、息子さんの傍《そば》で、現役女将を張れるのは満更でもなかったみたいだし」

叔父の話を聞きながら、裕紀は甥《おい》と姪《めい》の顔を思い浮かべた。葬儀の間、兄によく似た賢そうな眼をした甥は唇を真一文字に結んでいたが、幼い妹のほうは、まだ事態をよく飲み込めていないようだった。

そして兄嫁の理佐子は、その子供たちの手をしっかりと握りしめていた。まるですべてから子供を守ろうとしているように、片時も眼を離そうとしなかった。

いつしかそこに、たったひとりで座敷に座らされていた父の葬儀のときの自分の姿が重なった。

「僕は、放ったらかされてましたけどね」

口にするつもりのなかった言葉がこぼれ落ちていた。

「別に、今更、なんとも思っていませんけれど」

「いや、だからさ」

慌てて言いつくろおうとした裕紀を、叔父が制する。

「そのこともあるんだよ。女将さんと理佐子さんの間には……」

叔父が言葉を切ったところに、バーテンダーのような黒いチョッキを着たマスター自らがアイスコーヒーの載った盆を持ってやってきた。

一瞬口をつぐんだ後、裕紀と叔父は同時にアイスコーヒーをひとくち啜《すす》った。水出しだというアイスコーヒーは、まろやかで香りが際立っている。コンビニやチェーン店のアイスコーヒーばかり飲んでいる裕紀の舌に、それはいささか新鮮だった。

「あのさ、裕紀君は、覚えてないかな。大女将……おばあちゃんのこと」

ストローを口から放し、叔父が話の続きを始めた。

「裕紀君が三歳になったくらいから、大女将は骨粗鬆症《こつそしょうしょう》で寝たきりになってね。それで若女将だったお母さんが、女将デビューすることになったんだよ」

旅館の三代目だった父方の祖父は、裕紀が生まれる前に他界している。大女将だった祖母のことは、なんとなくしか覚えていない。

「この人が、まあ、きつい人で……。僕も婿入りのときには、随分難儀したよ」

禿げ上がった額に皺を寄せて、叔父は裕紀を見た。

「でもね、婿よりつらいのが嫁だよ。特にお姑さんは昔の人だったから。悪気はなかったのかもしれないけれど、徹底的に女将さんをしごいてね。寝たきりなのに、頭のほうははっきりしてたから、そりゃすごかったよ」

昔、父に連れられていった病院で、ベッドの上のおばあさんを見舞った記憶《きおく》が、裕紀にはうっすら残っている。そこには優し気な印象しかなかったが、祖母は嫁である母の前では別の顔を見せていたらしい。

「大女将の期待に応えようと、女将さんは早朝から深夜まで、本当によくがんばってたよ。それで、ようやく大女将を看取《みと》ったと思ったら、今度はその後、すぐに、四代目が病気になっちゃうしさ」

草葉の陰《かげ》から自分の代で旅館を潰したと言われたくないと、母は益々しゃかりきになって働いたという。

「その分、まだ小さかった裕紀君には寂しい思いをさせたって、女将さんはいつも後悔してたよ。裕紀君が実家に寄りつこうとしないのは、自分のせいじゃないかって」

裕紀はとっさに顔を背けそうになった。

こんな話を聞くのは、初めてのことだ。

「女将さんが理佐子さんとうまくいかないのは、自分ができなかったことを、理佐子さんが悠々とやってのけているからだよ。時代の流れといえばそれまでだけど、そう簡単に割り切れるものでもないからね」

そこまで話すと、叔父は唇をとがらせて、水出しアイスコーヒーをひと息に飲み干した。

そして、小さく息を吐くと――。

「頼むよ、裕紀君」

いきなり、テーブルに額がつきそうなほど深く頭を下げた。

「今、裕紀君に見離されたら、お義姉《ねえ》さんは本当に心が壊れてしまう」

「そんな……。見離すなんて」

慌てた裕紀に、叔父は畳《たた》みかけてくる。

「いや、それくらい、女将さんは参ってるってことなんだ」

そこまで言われると、裕紀はなにも言えなくなった。

正直、いてくれるだけで構わない。旅館組合や経営のほうは自分のほうでなんとかすると、叔父はあけすけに語った。

「だからね、裕紀君にはお兄さんの代わりに、お母さんを支えてあげてほしいんだ」


満員電車から吐き出されるようにホームに降り立ったときには、すっかり夜になっていた。

残業サラリーマンたちの帰宅時間とぶつかったらしく、車内は大変な混雑だった。

耳からこぼれ落ちたイヤホンを手繰《たぐ》り、裕紀は大きく息を吐く。

あれから裕紀は結局叔父に言いくるめられ、銀行にまで連れていかれた。ポロシャツにジーパン姿の自分が、担当者の眼にどう映ったのかは分からない。

ま、所詮、俺はお飾りみたいなもんだからな——。

偽物の冒険に出ていた次男坊は、まんまと執事につかまってしまったわけだ。

ふいにキャラクター化された執事姿の叔父が頭に浮かび、裕紀は苦笑した。叔父は柔和なようでいて、なかなかの策士だ。自分が矢面に立つことを、巧妙に避けている。

もっとも、藤森の家に後から入ったもの同士として、母のことを気にかけてくれているのは、満更嘘でもなさそうだった。

兄の代わりに母を支えろ——。

銀行帰りに連れていかれた居酒屋でも、叔父は盛んにそう繰り返していた。途中から、話を聞くのも、相槌《あいづち》を打つのも億劫になって、冷酒ばかり飲んでしまった。

今になって酔いが回ってきたようだ。

裕紀はもう一度耳に入れようとしていたイヤホンを、スマホごとジーパンのポケットに突っ込む。こめかみの辺りの血管が収縮し、頭痛の予感がした。足を引きずるようにして、改札に向かう。

夜になったにもかかわらず、駅前は相変わらずの熱気が立ち込めている。ヒートアイランド現象というのだろうか。東京の猛暑と湿気は、日が落ちたところでなにも変わらない。闇を絞れば、生温かな水が滴り落ちそうだ。

できるだけ早く家に帰って寝てしまおう。

ずきずきし始めた頭で考えていると、突如、ぼたっとなにかが足元に落ちた。その雫《しずく》のあまりの大きさに、初めはなんだか分からなかった。

ぼんやり足をとめると、今度は肘《ひじ》や背中にぼたぼたとなにかがぶつかった。

雨――？

裕紀がようやく思い当たったそのとき、ザーッという音と共に、バケツをひっくり返したように空から水が落ちてきた。

裕紀は思わず悲鳴をあげる。

暗くて見えなかった上空の雲が、重量級の熱気と湿気に耐えきれず、ついに決壊を起こしたのだ。それはもう、〝降る〟などという生易《なまやさ》しいものではなかった。大量の水が、真っ暗な空から〝落ちて〟くる。街灯に照らされた夜道が、あっという間に水浸しになっていった。

裕紀はシャッターの下りた商店街を必死に走り、いつもの狭い路地に飛び込んだ。

その途端、周囲が真昼のように明るくなる。

まさか、まさか……。

怯えながら足を踏み出すと、その裕紀のまさかを遥かに上回る大音量の雷鳴が轟《とどろ》き渡った。巨大ななにかが砕けたような凄まじい音が、いつまでもゴロゴロと後を引いている。

もう、勘弁してくれよ——。

全身びしょ濡れになった裕紀の眼の端を、ふいに明るいものがよぎった。

ハッとして顔を上げれば、つきあたりの一軒家の門のところに、カンテラの灯りがともっている。柔らかな光は、難破船がようやく沖に見つけた灯台の灯《ひ》のようだ。

再び閃光《せんこう》が走る。

「うわぁあああああっ」

間髪を容れずに鳴り響いたつんざくような雷鳴に耐えきれず、裕紀は耳を塞いで走り出した。

気づいたときにはアパートの前を通り過ぎ、カンテラのともった門の呼び鈴を押していた。

ハナミズキの根元に立てかけられた、スチール製の看板が目に留まる。

マカン・マラン。

看板に刻まれた文字に、裕紀は胸を撫で下ろした。

大丈夫。やはりここはお店だ。しかも、階下のおばあさんや、ＯＬみたいな女の子が通う店なんだ。俺が入ったところで、なんの問題も……。

そう自分を納得させていると、重厚な木の扉がゆっくりと開いた。

瞬間。裕紀は呆気にとられて、口をぽかんとあけた。

眼の前に、おかまがいた。

ただのおかまではない。身長百八十センチを遥かに超える巨大なおかまが、ショッキングピンクのボブウイッグを頭にかぶり、筋肉の浮いた腕で扉を支えて立っている。

鳥の羽根のような付け睫毛《まつげ》。クレヨンで描いたような濃いアイライン。真っ赤に塗りたくられた巨大な唇――。

だがその原型は、まぎれもなく中年のいかついオッサンだった。

こんな完璧なおかまが突如自分の人生に現れるなど、裕紀は想像したこともなかった。

裕紀が茫然としていると、ストッパーで扉を支えたおかまが太い腕を組んだ。

「びしょ濡れよ」

おもむろに、低い声が響く。

「どうしたの？　入るなら、早く入りなさい。雨が入るわ」

それでも、裕紀はすぐに動くことができなかった。

そのとき突然、周囲がぴかっと真っ白になった。

閃《ひらめ》く稲光の中、胸板の厚いおかまが、ギリシャ神話のポセイドン――ただし、女装《じょそう》――の如《ごと》く堂々と浮かび上がる。

「さっさとなさい！」

雷鳴を上回る声が響き渡り、裕紀は玄関の中に飛び込んだ。


タオルで全身をぬぐい、おかまから貸してもらったシャツに着替えると、裕紀はようやく人心地が着いた。木綿のシャツはラージサイズで、裕紀が着ると半袖が七分袖に見える。

最初こそ驚いたが、おかまは悪い人間ではなさそうだった。上質なタオルは吸水がよく、真新しいシャツからは微かにミントの香りがした。

部屋の奥からは、少し感傷的なクラシックが低く流れてくる。

タオルを首に巻いたまま、裕紀は恐る恐る廊下のつきあたりの部屋に入ってみた。

鳥籠の形の間接照明《しょうめい》、籐《とう》の椅子、竹のテーブル……。アジアの隠れ家リゾートを思わせる内装の、そこはやはり、カフェのようだった。

カウンター席では、眼鏡《めがね》をかけたメタボの中年男が、背中を丸めて新聞を読んでいる。窓辺のひとりがけソファにすっぽりと身を預けて海外の児童書を読み耽っているのは、いつか見たOLだった。

それぞれのテーブルの上に、キャンドルの灯りが揺らめいている。

衝撃的なおかまの姿とは裏腹に、部屋の中には静かで穏やかな夜の時間が流れていた。

「さ、まずはこれを飲みなさい」

ふいに声をかけられ、裕紀は顔を上げる。

カウンターの奥から、おかまがジェンガラのマグカップを差し出してきていた。

「油断しちゃ駄目よ。いくら暑くても、体が冷えれば、風邪を引くわ」

「す、すみません……」

受け取ると、ふわりと甘い湯気《ゆげ》がたった。ひとくち含めば、そのまますっと胃の中に落ちていく。生姜《しょうが》のぴりりとした辛みが舌を擽り、シナモンの甘い香りが鼻に抜けた。

「美味い」

裕紀は思わず呟いていた。

今までに飲んだことのない、不思議な味のお茶だった。

「それはよかったわ。バリ島のジンジャーティーにシナモンとカルダモンをブレンドした私のオリジナルなの。暑い国ではね、暑いときこそ、熱いお茶を飲むものなのよ」

薄手のナイトドレスを纏《まと》ったおかまが、孔雀《くじゃく》の羽根の扇子《せんす》を手に取り、優雅に胸元を扇《あお》いでみせる。

「それで、ご所望はなにかしら。ここは基本、昼のファッション店の商品を作ってくれるお針子《はりこ》さんたちの賄いを出す店だから、お酒やメニューはないの。あるのは私が気まぐれで作る、お夜食とお茶だけよ」

裕紀はようやく合点がいった。

昼間覗いたときに眼にしたど派手なドレスや装飾品は、幻《まぼろし》ではない。ここは昼間はやはりファッション店だったのだ。

「食事はいりません」

正直、お腹は減っていなかった。居酒屋で詰め込んだフライドポテトや焼き鳥が、まだ胸につかえているようだった。もちろん酒も、もうひとくちも飲みたくない。

「ただ……」

言いかけて、裕紀は口をつぐんだ。なぜここへきたのか、自分でもよく分からなくなっていた。

だがあの雨の中、濡れ鼠《ねずみ》の状態でひとりきりの部屋に帰るのが嫌だった。暗い部屋の中で、この日の顚末《てんまつ》を何度も思い返すことが、どうしても嫌だった。

そこに灯りが見えたから。

ほんのりともったカンテラの灯りが、難破船を救う灯台の灯のように見えたから――。

つい、後先考えずに呼び鈴を押してしまったのだ。

裕紀が押し黙っていると、おかまがふいと顔を寄せてきた。

「誰かと一緒にいたくて、でも、しがらみのある友人や知人とは喋りたくない。そんな矛盾《むじゅん》した人恋しい夜が、誰にでもあるものよ」

頭ひとつ高い位置から、おかまがにんまりと魔女めいた笑みを浮かべる。

「初夏の夜は、短いけれど甘美よ。とりあえず、ゆっくりしていってちょうだい」

おかまはナイトドレスの裾《すそ》を翻《ひるがえ》し、カウンターの奥へと消えていった。

残された裕紀は、マグカップを手に、近くにあった籐の椅子にそっと腰を下ろす。小さな真《しん》鍮《ちゅう》の蛙《かえる》が捧《ささ》げ持つ蠟燭《ろうそく》の揺らめく炎《ほのお》を見るうちに、徐々に気分が落ち着いてきた。

カウンター席の中年男も、窓辺のソファのOLも、周囲を気にせず、思い思いに夜の時間に浸っている。その居心地のよさが、このところ、ずっと振り回され続けていた裕紀の心の奥にゆっくりと沁《し》みてきた。熱いお茶のおかげか、頭痛もだいぶ薄らいでいた。

外はまだ激しい雨が降り、時折稲光がしていたが、部屋の中はチェロとピアノの音色しか聞こえなかった。

しかし——。

「いっやぁあああ、なんなの、この雨！」

乱暴に玄関の扉が開き、突如、静寂が打ち破られた。

「もう、本当に腹たつわよね。こんなの梅雨じゃないわよ。スコールよ、スコール！　日本は一体いつから熱帯気候になったのよ。おかげでこっちはびしょ濡れよ！」

大声でぼやきながら、廊下をどすどす歩いてくる。

「もうここまでくると、ゲリラ豪雨じゃなくて、ゴリラゲイウよね」

意味の分からないことを口にしつつ部屋に入ってきたのは、角刈《かくが》り頭にタオルを載せた人相の悪い若い男だった。

「ジャダさん」

窓辺のＯＬが、本から眼を上げて嬉しそうな声をあげる。

「はぁい、マナチー」

角刈り頭をタオルでごしごしとふきながら、男も相好を崩《くず》した。

ジャ、ジャダさん……？

角刈り男の似合わない愛称に、裕紀は眼を丸くする。

その瞬間。

「誰よ、あんた！」

男の大音声が、いきなり裕紀に向けられた。

「なに、そんなとこでお茶なんて飲んじゃってんのよ！　しかもそこ、あたしの席じゃない！」

口角泡を飛ばして迫ってくる男の迫力に、裕紀は完全に言葉を失った。

するとそのとき、部屋の隅にあった小さな扉が開き、中から見知った人影が現れた。

「あら、こんばんは」

振り向き裕紀はハッとする。

紫陽花のバレッタで白髪をまとめた老婦人が、髪の薄い小太りの男と一緒に小部屋から出てくるところだった。

「どうしたの、ジャダさん、そんな大きな声を出して。そちらは、私の上の階に住んでる方よ。とっても親切な方なのよ」

老婦人がにこにこと微笑《ほほえ》みながら、裕紀を紹介した。

「なーんだ、比佐子さんの知り合いなんだ」

角刈り男がコロッと表情を変える。そして、小太りの男から真っ赤なロングヘアーのウイッグを受け取ると、それをすっぽりかぶってウインクした。

「じゃあそこ、座ってていいわよ」

裕紀は呆気にとられて、老婦人とジャダと呼ばれている男の顔を見比べる。

「今日はね、比佐子さんも一緒に、新しいレース編みに挑戦してるのよ」

ふいに老婦人の傍らの小太りの男が口を開いた。

「ほら見て。レースで編んだダマスクローズ」

「あら、クリスタ、すてき。あたしもそれ作るー」

きゃっきゃとはしゃぐ二人に、裕紀は再び啞然《あぜん》とする。

小太りの男のほうは、黙っていれば、ちょっと冴えない普通の中年男にしか見えないのに。

もしかして、ここのお針子というのは、そろって全員おかまなのか。

だとすると、まさかあのOL風の女性も、老婦人も実はニューハーフ？

ついでに、カウンター席に陣取っているメタボのオッサンも……。

「おい、こら」

裕紀の心の戦慄《せんりつ》に気づいたように、眼鏡のメタボ中年が新聞から顔を上げた。

「お前は毎度毎度、知らない人間に一々喧嘩を売るな。クソやかましい」

「だあってさぁ、時々おかしな連中がくるんだもの」

「お前ら以上におかしな連中がいるものか」

「なんだと、オヤジ、やんのか、こらぁっ」

かぶったばかりのウイッグを脱ぎ捨て、角刈りおかまが悪鬼の如くの表情でカウンターのオッサンに突進しようとする。

「はい、はい、いい加減になさい」

そこへ、ポセイドンを思わせる巨大なおかまが、トレイを手にカウンターの奥から戻ってきた。

銀色のトレイをカウンターの上に置き、大きく掌《てのひら》を打ち鳴らす。

「確かに柳田《やなぎだ》の言う通りよ。ジャダ、あんたはちょっと、警戒心と血の気が多すぎるわ」

「だぁあってぇええ」

角刈り男――ジャダは、駄々をこねるように拳を握った。

「比佐子さんのおかげで、やっと地上げ屋がこなくなったと思ったら、今度は教育ママどもがきたじゃない。あたしたちの存在が、子供の教育によくないとかなんとか言っちゃってぇ」

「それはあなたが、昼間ここを覗きにきた小学生を、怒鳴りつけたりしたからでしょ」

「だって、あたしのこと、〝お化け〟なんて言って指さすんですもの、失礼しちゃうわよ」

二人のおかまの言い合いに、柳田と呼ばれたメタボ中年が腹を揺すって笑い出した。

「そりゃあガキどもからしたら、お前なんか立派な化け物だな。スマホかざしてモンスター見つけるより、よっぽど刺激的だ。これが本当の、モンスターGOだな」

「なんだと、こらぁっ！　いい気になるなよ、センコー」

「だから、いい加減になさいってば」

再び突っかかっていこうとするジャダの前に、巨大なおかまが銀色のトレイを差し出した。

「せっかくのお夜食が冷めるわよ」

トレイの上には、こんもり盛られた赤い色のお米を中心に、色とりどりのおかずを盛りつけたワンプレートが載っている。唐辛子と大蒜《にんにく》の効いた、エキゾチックなソースの香りが周囲に漂った。

「赤米のナシ・チャンプルー。特製サンバル添えよ」

「きゃあ、美味しそう」

ほくほくとトレイを受け取る角刈り男を恐々眺めていると、ふいにくるりと振り返られた。

「おい、お前！」

再び矛先《ほこさき》が自分に向いたことに、裕紀は肩を竦《すく》ませる。

「まさか、あたしたちのこと、おかまだと思ってるんじゃないだろうな」

おかまでなければ、一体全体なんなのだ。

絶対に出せない反論を口の中で持て余していると、背後の巨大なおかまが忍び笑いを漏らした。

「だから、ジャダ。そう喧嘩腰になるもんじゃないわ。ただね……」

カウンターの上の孔雀の扇子を手に取り、立派な胸板を扇ぎながら、巨大なおかまが大きくしなを作る。

「あたしたちはおかまじゃなくて、品格のあるドラァグクイーンなの。このお店にくる以上、あなたもこれくらいの言葉は覚えてちょうだいね。あたしのことは、シャールって呼んでちょうだい」

鳥の羽根のような付け睫毛をふさっと閉じ、シャールが妖艶《ようえん》なウインクを放った。

呆気にとられつつ、裕紀は思わず頷《うなず》いていた。

ジャダがトレイを手に〝お針子部屋〟に入ると、再び部屋の中は静かになった。

籐の椅子は思った以上に座り心地がよく、裕紀は感傷的なピアノに耳を傾《かたむ》けながら、窓の外を眺める。雨は幾分小降りになっているようだった。

やがて、時刻が日付をまたいだ頃、クリスタと呼ばれた中年男が、ＯＬ風の女性と老婦人に付き添って帰っていった。

ＯＬ風の女性とクリスタは、この近くのマンションに住んでいるらしい。ＯＬは元は昼間のお店の客だったのだが、仕事帰りにここへきて夜食やお茶を楽しんでから家に帰るようになったのだそうだ。

女性たちの姿がなくなると、部屋の中は一層、仄暗さが増したようになった。

ぼんやり蠟燭の炎を眺めていると、ふいにテーブルの上に皿を置かれた。滑らかな白いスープに、薄紅色《うすべに》の桃の果肉が浮いている。

「桃入りの、冷たい甘酒スープよ。デザートが余ったの。今日だけ特別にサービスしてあげるわ」

「す、すみません」

ふさっとウインクされ、裕紀は恐縮した。朝靄《あさもや》の中に浮かぶ薔薇《ばら》の花びらのような、見た目にも美しいスープだった。

ひと匙掬《さじすく》って口に含めば、桃の酸味と麴《こうじ》の甘さが爽《さわ》やかに溶け合う。咀嚼《そしゃく》の必要もなく、そのまますうっと体の奥まで沁み透っていくようだった。

「マジ、美味いです」

裕紀は正直に口にした。

「よかったわ」

シャールが嫣然《えんぜん》と微笑む。

「栄養価の高い甘酒はね、元々夏バテ防止に飲まれていたものなの。あなたみたいに、痩せ形で、眼の下に隈《くま》作ってるような人にぴったりよ」

「え？」

隈を作っていたのかと、裕紀は慌てて眼の下を擦った。

「おい、御厨《みくりや》」

カウンター席で、同じように甘酒スープを啜っていた中年メタボ——柳田が声をあげる。

「夢のない呼び方はやめて。ここでは私はシャールなの」

「呼べるかっ……！」

思いきり吐き捨てた後、柳田は急に真面目な顔になった。

「おかま2号が言ってたさっきの話だけどな、あれ本当か？　教育ママがきたって話……」

「うん、あれね。ちょっと前に、そういうことがあったのよ」

「そりゃお前、少しばかり厄介だぞ」

完全にこちらに向き直り、柳田は眉間に皺を寄せる。

「ガキなんてのは、そのうち飽きるだろうから放っておけばいいが、親のほうはそうはいかないぞ。場合によっちゃ、学校だの、教育委員会だのってところにまで話を広めかねない。親からねじ込まれたら、俺たち学校側としても、動かないわけにはいかなくなるしな」

〝センコー〟と呼ばれていたことや、口ぶりからして、どうやら柳田は学校の教員らしい。

「そうね。あたしもそうなったら面倒だなって思ってるの」

「昼間の店番をあの2号に任せるな。あいつはどの道、おかま丸出しか、ヤンキー丸出ししかできないんだから」

「そうねぇ。ジャダにちゃんと言っとかないといけないわね」

「まあ、冗談ごとで済めばいいが、今の親ってのは、子離れできてないのが多いからな。大体、今の親ってのはだな……」

匙を振り回しながら柳田が一説ぶち始めたとき、バタンと音をたててお針子部屋の扉があいた。

「ちょっと」

真っ赤なウイッグをかぶったジャダが、腕を組んで仁王立ちしている。

「今漏れ聞こえてきた、おかま丸出しとか、ヤンキー丸出しって言葉は一体どこにかかるのかしら」

背後に色とりどりのウイッグをかぶったドラァグクイーンたちをつき従え、ジャダが眼をむいた。

「そんなのお前に決まってんだろ！　このモンスターGOがっ」

「なぁんですってぇー」

負けじと言い返した柳田に、ジャダが躍りかかっていく。背後のドラァグクイーンたちもわらわらと柳田を取り囲んだ。

「おい、御厨！　こいつらをなんとかしろ」

ドラァグクイーンたちに揉《も》みくちゃにされている柳田が声をあげたが、仲裁に飽きたのか、或《あ》いは呼び方が気に入らないのか、シャールは素知らぬ顔でそっぽを向いている。

「おい、こら、御厨！」

柳田は揉みくちゃにされながら、奥の部屋に引きずり込まれていった。

お針子部屋の扉がぱたりと閉まると、辺りは不気味なほどにしんとした。

「よくあることなのよ。つきあってらんないわ」

あまりのことに固まっている裕紀に、シャールがにいっと口角を持ち上げる。揺らめく蠟燭の陰影《いんえい》で、まるで異界からきた魔女のようだ。

いつも窓からこっそりうかがっていた灯りの奥には、成程、とんでもない〝団欒〟があったようだ。

なんだか急におかしくなり、裕紀は肩を揺すって笑い出した。一度笑い始めるととめられなくなって、散々笑っていると、ふいに頬をひと筋なにかが伝った。

あれ、なんだこれ――。

指を当て、初めてそれが涙だと気づく。

次々に涙が溢《あふ》れ、しまいには泣いているのか笑っているのか、自分でも分からなくなった。

「俺、今月末、実家に帰るんですよ」

気づくと裕紀は、今の自分の状況を、洗いざらいぶちまけていた。誰に聞かせるわけでもないし、誰かから聞かれたわけでもない。それなのに、言葉がとめられなくなっていた。

「要するにうちの親も、子離れできていないんです。でも、母が本当に必要としてるのは、俺じゃなくて兄なわけで……。結局、俺は、兄の代わりなんです。できの悪い劣化コピーなんです」

酔いが戻ってきたのだろうか。それとも眼の前のこの人とこの場所が、あまりに現実離れし過ぎているせいだろうか。

まるで夢の中にでもいるように、感情がコントロールできなくなっていた。

「兄が嫌いでした」

こぼれ落ちた言葉に、裕紀は自分でも驚く。

ずっと、隠し持ってきた感情だった。

ステーキでも、ケーキでも、西瓜《すいか》でも、一番いいところは必ず兄が持っていく。なにかを取り分けるとき、母が最初にそれを選ばせてくれたことは一度もない。

小さなこと、ちょっとしたこと。でも、子供時代の自分には、充分大きなことだった。

いつも二番。選択権はない。

そして、それは今だって同じだ。

「いつも母を独り占めにして、〝お前はいいよな〟って笑いながら、一番いいところを平然と持っていって……。なんでもできる優秀で立派な兄のことが、ずっとずっと、嫌いでした」

父親代わりに学費を出してくれた兄にそんな気持ちを抱いていることを誰にも知られたくなくて、いち早く上京し、まったく違う道を目指したのに。

ようやくそれが、自分の本当にやりたいことだと思えるようになってきたのに――。

「こんなふうに突然この世を去るなんて、兄のことが、俺はやっぱり許せない」

深くうつむき、裕紀は肩を震わせる。

そんな裕紀を、シャールはただ黙って静かに見つめていた。

夕刻になると、ようやく風が吹き出した。

梅雨の晴れ間の夕焼けは美しく、西の空を薔薇色に染めている。夏至《げし》を迎えた今は、一年で一番昼の時間が長い。六月は、雨の季節であると同時に、光の季節でもある。

古くなった衣類をごみ袋に詰め込みながら、裕紀は額に滲《にじ》んだ汗をぬぐった。雨に降られるたびに買い込んでいたビニール傘を駅に寄付し――なんと、十本以上溜まっていた――、売れそうな本や漫画は古本屋に持っていった。

商店街の古本屋のオヤジは気前がよく、ちょっとした金額が手に入った。

三年間に亘った生活が、数日間で呆気なく片付いていく。

後は――。

裕紀は押し入れの中の紙の束に眼をやった。没になった原稿を処分すれば、大体の片付けはおしまいだ。

これで東京ともお別れだ。もう、漫画を描くこともないだろう。

覚悟を決めて一番上の束に手をやりハッとする。

それは雨の日に美南から渡された、ビニール袋にくるまれた原稿だった。そのまま資源ごみの袋に入れるはずが、裕紀は我知らず原稿をビニール袋から取り出していた。

付箋に書きつけられた、美南の几帳面な文字が眼に入る。付箋のアドバイスを追っていくうちに、裕紀はなぜか堪《たま》らない気分になってきた。

気づいたときは、一旦資源ごみの袋の中に入れた、真新しいケント紙を卓袱台の上に広げていた。

今更、なにしてる。こんなことしたって、全部無駄だ。

頭の中で声が響く。

しかし、2Bの鉛筆を真っ白な紙に走らせたとき、すべての雑音は頭の中から綺麗に消えていった。

それからはもう、無我夢中だった。

最後のページまでたどり着き、裕紀はふうっと深い溜め息をついた。右手の腹が黒く汚れ、頭の芯《しん》が鈍く痺れている。美南に渡した最後の原稿を、一枚目から完全に描き直していた。

こんなに根を詰めて描いたのは、もしかしたら初めてかも分からない。

ふと気づくと、窓の外が真っ暗になっている。

窓辺に寄った瞬間、カンテラの灯りが見えた。途端に、耐えきれない程の空腹に襲われる。

考えてみれば、今日は一日、まともなものを口にしていない。

あれ以来、マカン・マランにはいっていなかった。人生で初めてお眼にかかったドラァグクイーンに驚きすぎたせいか、感覚が麻痺《まひ》してしまい、あまりにあけすけに話しすぎてしまった。

涙まで流したことを思い返すと、どうにもきまりが悪い。

でも、あそこの賄い飯、美味そうだったよな――。

ジャダが手にしていた赤いお米の盛られたワンプレートや、爽やかな甘さの冷たい甘酒スープを思い出すと、空っぽの胃が派手な音をたてる。

駄目だ。とても我慢できない。

どうせ、ここを出ていくのだ。最後の挨拶を兼ねて、もう一度訪ねてみよう。

そう覚悟を決めると、裕紀は古本屋で換金《かんきん》した千円札をジーパンのポケットに突っ込み、窓辺から離れた。


階段を降りれば、老婦人が丹精《たんせい》して育てている朝顔が、蔓《つる》を随分伸ばしていた。間引きのできない彼女は、鉢を増やしてすべての朝顔を育てるつもりのようだった。

そのうちまた、支えを手伝ってやらなければいけないと考えている自分に気づき、裕紀は首を横に振る。来月、自分はもう、ここにはいない。小さくてもいいから、すべての朝顔が花をつけてくれればいいと、裕紀はぼんやり考えた。

砂利道を踏み、つきあたりにたどり着く。カンテラの灯りの向こうからは、食欲をそそるいい匂いが漂ってきていた。懐《なつ》かしさを誘う、甘辛い匂いだ。

今度は、迷うことなく呼び鈴を押した。

「あら、こんばんは。今日はあなたが一番のりよ」

だが、重たい木の扉をあけて現れたシャールの姿に、裕紀はやっぱり気圧されてしまう。

今日のシャールは、頭に銀色のターバンを巻き、蝶々《ちょうちょう》のプリント柄の鮮やかなサマードレスを纏っていた。両耳からは、大きな金色のイヤリングが揺れている。

女装したポセイドンへの免疫《めんえき》は、そう簡単につきそうになかった。

完全に腰が引けている裕紀を、しかし、シャールはごく自然な仕草で迎え入れてくれた。

今日も部屋の奥からは、静かなクラシックが流れてくる。

テレビドラマだったろうか、それとも映画の中だったろうか。何度か聞いたことのある、耳慣れた曲だった。

「あの」

裕紀は前をいくシャールの大きな背中に問いかけてみた。

「今流れてるの、なんていう曲ですか」

「パッヘルベルのカノンよ」

「パッヘルベル……」

「パッヘルベルはバッハより少し先輩の十七世紀の作曲家ね。中期バロック音楽の代表格よ。カノンっていうのは、ひとつの旋律《せんりつ》を重ね合わせ、響き合わせることで、生まれる音楽なの。旋律は単純なのに、重ねることで、こんなに豊かな広がりが生まれるのよ」

単純でも、重ね、響き合わせることで味わいが生まれる。それはもしかしたら、あらゆることに共通するのかもしれないとシャールは微笑んだ。

「お料理でも、お裁縫《さいほう》でも、なんでもね」

穏やかな声を聞きながら、裕紀はいつしか気持ちが落ち着いてくるのを感じた。こんなに突飛な格好をしているのに、シャールは本当に不思議な人だ。

「でも、きてくれてよかったわ。今日は丁度、あなたに食べてもらいたいお料理があるの。ゆっくりしていってちょうだい」

マキシ丈のドレスの裾を蹴りながら、シャールはカウンターの奥の厨房へと消えていく。

つきあたりの部屋に入った裕紀は、以前ＯＬが座っていた、窓辺のひとりがけソファに腰を下ろした。

硝子張りの大きな窓は、真ん中にハナミズキの木を配した小さな中庭に面している。ハナミズキの下には、シダやクワズイモの葉が旺盛《おうせい》に茂り、さながら南国の庭のようだ。硝子窓を通し、時折クビキリギリスがあげるジーッという鳴き声が聞こえる。

初夏の夜は短いけれど、甘美――。

先日のシャールの言葉を思い出し、裕紀は暫し余計な考え事をやめて頭の中を空にした。

この庭だけを見ていると、ここが商店街の殺風景な裏路地にあることを忘れてしまいそうになる。

「お待ちどおさま」

ふいにテーブルの上に銀色のトレイが置かれた。

「今日はね、ザッツ和食って感じで作ってみたの」

トレイの上の料理を見るなり、裕紀の喉がごくりと音をたてる。

さやいんげんと絹ごし豆腐《どうふ》の味噌汁《みそしる》に、五分搗《つ》きの玄米ご飯。ミョウガと若芽の甘酢和え、生姜がたっぷり載った冷ややっこ、莢《さや》付きのソラマメとアスパラガスとピーマンのソテー。それから、からりと揚げられた飴《あめ》色の竜田《たつた》揚げが、お皿一杯に綺麗に盛りつけられていた。

表にまで流れていた甘辛い匂いの正体は、この竜田揚げに違いない。

「まずは酢の物からね」

真っ先に揚げたてにかぶりつこうとしたところ、やんわりと制された。

「血糖値《けっとうち》をあげすぎない知恵よ。若いうちから気をつけなくちゃ」

優雅にサマードレスの裾をつまみ、シャールはカウンターのスツールに腰を下ろす。長身のシャールにかかると、背の高いスツールがまるで普通の椅子のように見えた。

ミョウガと若芽を二くち、それから裕紀は赤だし味噌汁を啜った。ミョウガは歯ごたえがよく、若芽は柔らかくて爽やか。味噌汁からは、ふわりと丁寧《ていねい》な出汁《だし》が香った。

同じように見えた緑の夏野菜のソテーは、ひとつひとつ微妙に形と味が違う。

「これ、全部ピーマンじゃないんですね」

「そう。ピーマンと獅子唐《ししとう》と万願寺《まんがんじ》唐辛子よ。辛みが少しずつ違うでしょう」

独特の苦みと辛みの中に、それぞれの個性と微かな甘みが兆していた。

「焼いたソラマメも絶品ですね」

裕紀の素直な賛辞に、シャールは笑みを浮かべる。

「全部、鉄鍋《てつなべ》の上に並べてオリーブオイルをかけて焼いただけよ。調味料は塩コショウのみ。旬のお野菜を使えば、調理はとことん手抜きでもなんとかなっちゃうのよ」

平然とそんなことを言うが、本当はこういうシンプルな料理こそ、技が試されるのではないかと思う。火の入れ方、塩の振り方ひとつで、素材の味は生かされも殺されもするのだろう。

「言ったでしょ？　単純でも、重ね、響き合わせることで味わいが生まれるって」

それは、裕紀にも理解できた。

漫画だって同じなのだ。きっと。

無理に奇抜なストーリーを作らなくても、人の心の機微を丁寧に重ね、響き合わせていけば、豊かな広がりが生まれる。

そこにちょっとしたスパイスを効かせることができれば、尚更だ。

付箋に書かれていた美南からのアドバイスも、煎《せん》じ詰めれば同じことだった。

先程、付箋のコメントを読みながら漫画を描き直していて痛感した。きちんと思い返してみれば、裕紀が子供の頃から夢中になって読んでいた少年漫画の主人公たちも、ただただ元気なだけではなかった。ちゃんと自分の弱さや醜《みにく》さと、正面から向かい合っていた。

だからこそ、あんなにも、心を動かされたのだ。

美南の言っていたことは、全部本当だった。

今更気づいたところで、すべては後の祭りだけれど。

ふいに、箸《はし》が重たくなる。

「あの……」

裕紀は、カウンターの上の雑誌をめくり始めたシャールに声をかけてみた。

「この間はすみませんでした。突然、変なこと言っちゃって」

シャールが雑誌を閉じて顔を上げる。

「変なことなんて、なにも言ってなかったわよ」

その優しさに、裕紀は微かに居心地が悪くなった。黙って窓の外に眼をやると、そこに自分の顔が映った。兄とは正反対の、中途半端で自信のなさそうな表情だった。

「――家族って、ときどき難しいわよね」

ふいに溜め息をつくように、シャールが言った。孔雀の羽根の扇子を手に取り、ゆったりと胸元を扇ぐ。

「私には兄弟はいないけど、あなたの気持ちはなんとなく分かるわ。見ての通り、今の私の姿は、親が望むものとは程遠いものだから」

瞬間。裕紀は軽く息を呑んだ。

異世界からやってきた魔女のように思っていたこの人もまた、しがらみとは無縁でないことに、初めて気づかされた。

母を早くに亡くしているシャールは、現在父とは絶縁状態にあるという。

「私はこうなるのが結構遅くてね。それまでは、大きな会社に入って第一線でバリバリ働いて、父の自慢の息子をやってたのよ」

けれど赴任先のニューヨークで進行性の病気が発覚し、どうしても自分に嘘がつけなくなった。

「実は今年の初めに少し難しい手術をしたんだけど、そのときも、私は父に連絡ができなかったわ」

シャールは長い付け睫毛をそっと伏せる。

「その父も高齢だから、いつなにがあるか分からないわ。元々腎臓《じんぞう》がよくないし、会えなくなる日も、近いかもしれない。でも父が本当に会いたがっている息子の私は、もうどこにもいないのよ」

寂し気なシャールに、裕紀はなにも返すことができなかった。

二人が黙ると、部屋の中がしんとした。

静かなクラシック音楽の合間に、窓の外のクビキリギリスの鳴き声がジーッと響く。テーブルの上では、今日も小さな蛙の置物が、ゆらゆらと炎を揺らめかす蠟燭を捧げ持っていた。

「さ、湿っぽい話は終わりにしましょう」

やがてシャールが掌をポンと叩いた。

「冷めないうちに、主菜を召し上がれ」

やるせなさを吹っ切るように、裕紀も竜田揚げに箸を伸ばす。

ひとくち頰張ると、サクッとした衣の下から、嚙《か》み応えのある旨みが広がった。醬油《しょうゆ》と大蒜が効いていて、すぐにご飯が食べたくなった。

夏は食欲が落ちる裕紀なのに、箸が進んでとまらない。あっという間に茶碗を空にした裕紀のために、シャールは二杯目の玄米ご飯をよそってきてくれた。

「いや、まじに美味いです」

夢中で食べている裕紀を、シャールはカウンターに肘をついて満足そうに眺めている。

「ところでそれ、なにか分かるかしら」

おもむろにシャールが切り出した。

「竜田揚げ、ですよね」

「なにの、かは分かるかしら」

「え……？」

裕紀は箸をとめた。

「鶏肉《とりにく》、じゃないんですか」

散々食べさせておいて、まさか、とんでもないものではないだろう。恐々と見返せば、蠟燭の灯りの陰影で、シャールが魔女のような笑みを浮かべている。

「やだわ、そんな顔しないでよ。あなたって、本当に素直な子ね」

途端にシャールが吹き出した。

「蜥蜴《とかげ》とか蝙蝠《こうもり》とかでも食べさせられてると思った？」

「い、いえ」

今更そんな種明かしをされたら最悪だ。

「それ、大豆《だいず》なの」

だがシャールの答えは、裕紀の予想を遥かに上回るものだった。

「お豆。ソイ・ミートなのよ」

ぽかんとした裕紀に、シャールが繰り返す。

言われて食べてみても、鶏肉の味がした。いや、よくよく味わうと、鶏肉よりも後味が軽く、旨みが濃い。

「これ、本当に、肉じゃないんですか」

裕紀はにわかに信じることができなかった。

「そうよ。精進料理用に開発されたものなの。そうやって調理すると、全然遜色《そんしょく》がないでしょう。でもね、ソイ・ミートはただの肉の代替品ではないのよ」

スツールを降り、シャールが裕紀に近づいてくる。

「低脂肪《しぼう》で高蛋白《たんぱく》。カロリーは低く、コレステロールはゼロ。おまけにイソフラボンと、必須アミノ酸がたっぷり」

手にしている扇子をずいずいと突きつけられ、裕紀は思わず息を呑んだ。

「ソイ・ミートには、ソイ・ミートにしかない栄養素がいくつもあるの」

扇を畳み、シャールははっきりと告げた。

「つまり、ソイ・ミートはお肉のできの悪い代わりでも、劣化コピーでもないということよ」

瞬間――。

自分は兄のできの悪い代わりだ、劣化コピーにすぎないと、テーブルの上にうつむいた自分の姿が甦る。

「あなただってそうよ」

耳元で、シャールの深い声が響いた。

「決してお兄さんの、ただの代わりではないはずよ」


七月に入ると、凄まじい猛暑が続いた。

街中では、シーシーと梅雨明けゼミとも呼ばれるニイニイゼミが鳴き始めている。天気予報によれば、今年の梅雨明けは例年より早くなるということだった。

新橋の駅前のコーヒーチェーン店で、裕紀は堀内美南と向き合っていた。

「本当に、すっごく、よくなっています」

やがて美南が興奮気味の顔を上げた。

荷造りの最中に頭から描き直した原稿を、美南は「今までとは全然違う」と称賛した。

「優秀な兄王にコンプレックスを抱く弟王の気持ちもよく描けてますし、政治のために弟王を連れ戻しにくる執事もリアルです。それに……」

美南の指が、きらびやかなドレスを纏った美中年に留められた。

「弟王を導く、女装癖のある魔導士が、ものすごく魅力的です」

筋肉質で長身の魔導士は、孔雀の羽根の扇子を手に、妖艶なしなを作っている。

「雑誌掲載できるかどうか、すぐに編集長にかけあいます」

大事そうに原稿を胸に抱え、美南は立ち上がった。

「ありがとうございます」

裕紀も立ち上がって深く頭を下げる。

「がんばりますから、朗報《ろうほう》を待っててくださいね！」

こぼれるような笑みを残し、美南は弾む足取りで店を出ていった。

その後ろ姿を見送りながら、裕紀は倒れ込むように椅子に座る。原稿を見せて、美南にあんなに喜ばれたのは初めてのことだ。

でも、始まったばっかりだ。否《いな》、まだ、スタートラインにすら立っていない。

ふいにバッグの中のスマホが小さな電子音を鳴らす。取り出してみるとラインメールが着信していた。

〝ふざけるな、ボンボン。潰しの利く奴は二度と戻ってくるな〟

またバイトに復帰すると知らせたところ、バイト仲間の中澤からの返信が着信していた。メッセージの後に、中澤がネット販売しているゾンビが激怒しているスタンプが連打されていた。

あいつらしいな……。

裕紀は思わず苦笑する。

だが、もう潰しは利かない。裕紀は裕紀なりに背水の陣を敷いて、東京に戻ってきたのだ。

先月末、裕紀は実家に帰った。

そのとき、裕紀は母よりも義理の叔父よりも先に、兄嫁の理佐子に会いにいった。

叔父が送ってきた資料を熟読するうちに、ひとつのことに気づいたのだ。

旅館の人気企画にもなった、女性のひとり旅の応援キャンペーン。女性専用の食事処や、湯上り後のお茶を楽しめるリラクシングルーム――。

こんな発想は、絶対に兄にはない。

表にこそ出てこなかっただけで、理佐子は陰でずっと兄を支えていたに違いない。

「やっぱり、裕紀君はごまかせないね」

呼び出した駅前の喫茶店で、姪を膝《ひざ》に抱いた理佐子は複雑な笑みを浮かべた。

「私は狡《ずる》いの。子供たちの傍を離れたくなかったから、表だって旅館の女将にはなりたくなかったの」

兄の三喜彦も、それを認めてくれていたのだという。

「でも、そろそろ時期なのかも。もう下の子も、幼稚園だしね。女将さんさえ許してくれるなら、改めて若女将修業を始めさせてもらう」

理佐子は静かな眼差しで、裕紀を見た。

「だって、裕紀君、他にやりたいことがあるんでしょう？」

言葉に詰まった裕紀に、理佐子は淡々と続けた。

「三喜彦さんはいつも言ってたよ。弟の裕紀君は、自分と違って頭が柔らかくて、なんでもできるんだって……」

その瞬間。

兄嫁の前で、裕紀は声をあげて泣いた。

葬儀のときですら人前では涙を流さなかったのに、喫茶店の全員から奇異な眼で眺められながら、裕紀は喫茶店のテーブルに突っ伏して泣き崩れた。

大好きで大嫌いな兄がもうこの世にいないことが、心の底からつらく、身を切られるほどに悲しかった。

その晩、裕紀は母と義理の叔父の前で、居住まいを正して頭を下げた。

自分に旅館を継ぐことはできない。自分は、兄の代わりにはなれない。

そして母に告げた。

兄の遺志は、陰で兄を支え続けてきた兄嫁が継ぐべきだと。

母はなにも言わずに席を立ち、叔父は非難の眼差しを残してその後を追っていった。

息子のくせに、自分を裏切るのか——。

母がそう自分を詰《なじ》っていたと、帰りがけに叔父から聞かされた。

今はまだ、分かってもらえないかもしれない。

けれど、今後、兄とは違う自分なりのやり方で、裕紀は母を支えたいと思う。

兄に兄の意志があったように、自分には自分の意志がある。

それを貫き通すことができたとき、初めて自分は兄の劣化コピーではない形で、故郷へ帰ることができるだろう。

やってみせろ——。

ふいにどこかで聞き慣れた声が響いた。
顔を上げ、裕紀はハッとする。
壁の鏡に映る自分の顔に、ほんの一瞬、兄の強気な笑顔が重なった気がした。
梅雨が明け、盛夏《せいか》到来。
ここより、本当の冒険が始まる。

第三話

秋の夜長のトルコライス

掃除機《そうじき》のノズルをソファの下に入れると、変な音がした。

引き出してみれば、吸い込み口のところにミニカーが引っかかっている。戦隊ものに登場する、ヒーローカーだ。また、ひとり息子の圭《けい》がところかまわず放り出したのだろう。

伊吹未央《いぶきみお》は腰を屈《かが》めてそれを拾い、ソファの端に置いた。

十五階の窓からは、遠く都心のビル群を見渡せる。

圭が小学校に上がるのと同時に、未央たち一家は新築のタワーマンションに引っ越してきた。少し前までさびれた郊外だったこの街は、新線の急行が停まるようになってから、開発が急速に進んだ。

未央たちが住んでいる三十階建てのタワーマンションも、駅前再開発の目玉として竣工《しゅんこう》した物件だ。売り出しと同時に、最上階から買い手が決まっていったと聞いている。

掃除機をとめると、外からはアブラゼミとミンミンゼミの声が響いてきた。梅雨《つゆ》明けの早かった今年は、蟬《せみ》たちが鳴き始めるのも早いようだ。

窓から見下ろせば、エントランスの木立が眼に入る。エントランス部分に必ず緑化スペースを設《もう》けるのが、このタワーマンションをプロデュースしている電鉄系不動産会社の売りなのだそうだ。

未央はエアコンのスイッチを手に取り、温度を一度引き下げてから、再び掃除機のスイッチを入れた。重たい本体を引きずりながら、部屋の隅々にまで丁寧《ていねい》にノズルを押し当てていく。

〝えー、未央んとこ、まだ、お掃除ロボットにしてないの？〟

ふと、友人の亜沙美《あさみ》に、おおげさに驚かれたことを思い出す。

大学時代からの旧友で、今はアパレルショップの店長をしている亜沙美は、便利な家電が出るたびに次々と使いこなしているようだった。

〝さっさと合理化しちゃいなよ。家事なんて、手を抜けるところはとことん抜いていけばいいんだから〟

そうやって豪快に笑っていられるのは、亜沙美が店長という、もうひとつの顔を持っているからだと思う。専業主婦である自分が、それと同じことをして許されるものだろうか。

つい未央は、そう考えてしまう。

〝あ、でも未央って、そういう努力しない系、昔から駄目だったんだっけ……〟

しかしそんなふうに言われると、自分の生真面目さをからかわれているようで、未央は微《かす》かに不快になった。

〝もっと気楽に、奥さま身分を楽しんじゃえばいいのに。未央んち、せっかくお金持ちなんだし〟

悪気はないのだろうが、亜沙美の言葉は、未央の耳にはどうしても有閑《ゆうかん》マダムへの嫌みに聞こえる。

〝三十代半ばでタワマンに住んでる奥さまなんて、そうそういないんだよ。やっぱり結婚するなら、男は年上に限るよね。同世代は甲斐性《かいしょう》なくってさ〟

そうぼやく亜沙美は、系列会社の同期と結婚している。

確かに、夫の武《たけし》は中堅総合商社の役職付きで、一般家庭に比べれば年収も多い。傍《はた》から見れば、こうしてタワーマンションの窓辺から町内を見下ろしている自分は、誰もが羨《うらや》む裕福な奥さまに思えるのだろう。

ようやくすべての部屋に掃除機をかけ終わり、未央はソファに腰を下ろした。

ふと観葉植物の葉にほこりが溜まっているのが眼に入る。腰を温める暇もなく、未央は今度は布巾を手に、葉っぱを一枚一枚ふき始めた。

幸福の木とも呼ばれるドラセナの葉を夢中で磨《みが》いていると、ふいに玄関先から、甲高いはしゃぎ声が響いてきた。母の靖子《やすこ》と一緒に買い物にいっていた圭が、帰ってきたのだ。

「ママァーッ」

廊下に出た途端、力一杯抱きつかれる。

小さな背中に手をやりながら、未央は圭が新しい玩具《がんぐ》のパッケージを手にしていることに気がついた。またしても、靖子が買い与えたらしい。

「また、おばあちゃんに買ってもらったの？」

「うん！」

圭が満面の笑みを浮かべて頷《うなず》く。そして、その場でバリバリとパッケージを破き始めた。中から出てきたのは、未央が掃除中に見つけたのとまったく同じヒーローカーだった。

「圭君、それ……」

「遊んでくる！」

しかし未央が言いかけたときには、圭は既にその場を離れ、一目散に子供部屋に駆け込んでいってしまった。

「やれやれ、今日は暑かった」

背後で靖子が腰を叩きながら溜め息をつく。

「圭君に、散々連れまわされちゃったからね」

そう言いつつ、靖子は満更でもなさそうな顔をしていた。

「お母さん、あのミニカー、前にも圭に買ったことがあるでしょう」

「あら、そうだった？」

「そうだよ」

「一々覚えてないからねぇ。でも圭君が、どうしてもあれが欲しいって言ってきかなかったんだよ」

たいして意に介するふうでもなく、靖子はバッグから取り出したタオルで額《ひたい》の汗をぬぐう。

横須賀《よこすか》で独り暮らしをしている母は、圭が生まれてから、頻繁に未央を訪ねてくるようになった。そのたびに、遊園地だの買い物だのと圭をあちこちに連れだし、喜々として〝若すぎるおばあちゃん〟をやっている。

そんな母の様子を見るにつけ、未央はいつも心の奥底でどこか釈然《しゃくぜん》としないものを感じた。

この人は、一体いつから子供に対してこんなに甘くなったのだろう。それとも、娘と孫は別物ということなのだろうか。

「なに、ぼんやりしてるの。お茶の一杯くらい淹《い》れてくれてもいいんじゃない？」

靖子に催促《さいそく》され、未央は少しむっとした。

そんな言い方をされなくても、いつもお茶くらい出している。

「もちろんよ」

未央は母にリビングのソファで休むように告げてから、キッチンへと立った。

キッチンでアイスティーを用意して戻ってくると、靖子がリビングのあちこちを点検して回っている最中だった。

「へえ……、マンションっていっても、今は結構いい作りなんだね」

頷きながら、作りつけの棚《たな》の引き出しを上の段から順番にあけていく。

その無遠慮さに、未央は胸の中を波立たせた。

「これってどこの部屋も間取りは一緒なのかねぇ」

靖子は勝手にどんどん扉をあけ、夫婦の寝室まで覗《のぞ》き込もうとする。

やめてよ、お母さん。ここは私の家なんだから――。

喉元《のどもと》まで出かかっている言葉を、未央はどうしても発することができなかった。

母は昔からそうだ。

未央が不在中に勝手に机の引き出しをあけ、日記帳まで盗み読みする人だった。

日記の中に気にくわない箇所を見つければ、盗み読みしていることを隠そうともせず、烈火《れっか》の如《ごと》く怒鳴りつけてくることさえあった。

だが物心がつく以前に父を亡くした未央にとって、母は常に世界の中心だった。

父が病気で他界して以来、靖子は保険の勧誘員をしながら、女手ひとつで未央を大学まで出してくれた。

亡き男親の務めも果たそうとしていたせいか、母は昔から、ひとり娘の自分にことのほか厳しかった。今の圭のように甘やかされた覚えなどほとんどない。

誰かに苛《いじ》められたときですら、母は未央の肩を持ってくれようとはしなかった。

〝お前に悪いところがあるから、苛められるんだよ〟

どうしてそんなに意地の悪いことを言われなければならなかったのか、未央は大人になった今でもよく分からない。だがそんなことが続くうちに、二重に傷つけられるのが恐ろしくて、未央は母に弱音を吐けなくなった。

いつもいい子で、なんでもできるように努めて、ようやく合格点がもらえる。駄目な子、弱い子では、母から嫌われる。

いつしか未央は、そんなふうに自分を追い詰めていくようになった。

クラスで一番の成績を取ったり、お稽古《けいこ》ごとの発表会で注目を集めたりしたときだけ、靖子は未央を誉《ほ》めてくれた。

〝でもこれくらいは当然だよ〟

但《ただ》し、それすら決して手放しではなかった。

〝お前にはなんでもさせてやったんだから〟

母は今でも口癖《くちぐせ》のようにそう言う。

ピアノ、バレエ、習字、そろばん……。

裕福な家庭ではなかったのに、幼い頃の未央は、本当にたくさんの稽古ごとをさせられていた。

しかしそのどれをとっても、自分から習いたいと言い出したものではない。

学校が終わればすぐにお稽古が始まる。小学校時代の放課後を思い出すと、二の腕に食い込む「お稽古袋」の重さが、昨日のことのように甦《よみがえ》ってくる。

それでも未央は、両手一杯のお稽古袋を途中で投げ出すことはできなかった。

靖子が厳しい家計をやりくりして自分に稽古ごとをさせていることは、幼いながらに理解していたからだ。

あんなに苦労して通ったのに、ピアノもバレエも習字も、現在の未央とはなんの接点もない。

ミッション系の女子大を卒業した後、未央は中堅総合商社で事務職として三年働き、当時営業職だったひと回り年上の武に見初《みそ》められた。武が役職付きになり、結婚退職が決まったときは、未央よりも母の靖子のほうが喜んだ。

そのとき未央は、あれだけいろいろなことを習わせ、成績や発表会を厳しくチェックしていたにもかかわらず、結局母は、自分を何者かにするつもりは毛頭なかったのだと悟った。

稽古ごとが形にならなかったことを意に介さないのと同様に、大学で専攻していた英文科の知識とも、社会的なキャリアとも関係ない専業主婦になった未央を、靖子はむしろ肯定的に受けとめた。

〝ほらね、お母さんの言う通りにしていれば、大丈夫だったでしょ。お母さんは教育にだけはお金を惜しまなかったからねぇ〟

満面の笑みを浮かべた靖子は、次に未央にこう告げた。

〝二十八歳までに最初の子を産むんだよ。それが理想年齢なんだからね〟

なにが「大丈夫」だったのかは未《いま》だに分からないし、自分を「大丈夫」だと感じたことは一度もない。

けれど、結婚から三年目にようやく圭を授かったとき、心のどこかで「二十八歳」という呪言《じゅげん》のような期限に間に合ったと安堵《あんど》している己に気づいてゾッとした。

そして今も――。

「綺麗《きれい》に片付いてるじゃない」

部屋の隅々までチェックして振り返る靖子に、前もって掃除をしておいてよかったと、密かに胸を撫《な》で下ろしている自分がいる。

横須賀の実家を出て、母の呪縛からは随分自由になったはずなのに、気づくと未央はなにかに追い立てられるように自分に負荷をかけている。

〝未央って、そういう努力しない系、昔から駄目だったんだっけ……〟

ふいに、旧友の言葉が耳朶《じだ》を打った。

お稽古ごとは自分を何者にもしなかった代わりに、妙な強迫《きょうはく》観念だけを残していった。

ピアニストにもバレリーナにもなれなかったのに、未だに未央は、お稽古袋を手放すことが怖いのだ。

「まあ、越してきたばっかりだから、これくらいは当然だけどね」

やはり母は、今も手放しでは自分を誉めようとしない。未央は無言で、アイスティーのグラスをテーブルの上に載せた。

ふと、ソファの端にミニカーを置いておいたことを思い出す。

「ほら、お母さん、これ、前にも圭に買ったでしょ。まったく同じものだよ」

「え、そうだっけ」

アイスティーを飲んでいる靖子は、たいして関心もなさそうに未央を見やる。

「そういうのはどれもよく似てるから、私には全部同じに見えるよ。そんなことより……」

あっという間にグラスの半分を飲み干してから、靖子は身を乗り出して声を潜めた。

「圭君は、ちょっと落ち着きがなさすぎるんじゃないの。明るくて元気なのは結構だけど、今日もバスの中で歌いっぱなしだったんだよ」

「ああ……」

未央は口ごもる。

「可愛いからいいんだけどさ。でもあの子も、もう小学生でしょう。もう少し落ち着いてもいいんじゃないのかねぇ」

「圭は早生まれだから、少し幼いところがあるのよ」

「そんなことばかり言って甘やかしていると、今に取り返しがつかなくなるよ。ちゃんと躾《しつ》けるところは躾けないと」

だったら――。

喉元まで出かかった言葉を押し戻すように、未央はアイスティーの中に浮いている氷を口の中に入れた。

だったら、その場でそう言ってくれればいいではないか。

氷をがりがりと噛み砕きながら、胸の中で呟く。

そうでないと、圭には分からないんだから。

「そういうのは、お母さんのお前からちゃんと言って聞かせないと」

どうして――？

おばあちゃんや、お父さんからだっていいではないか。

「ちょっと」

未央を見る靖子の眼差しに、すっと厳しいものが浮かんだ。

「なに、そんなもの、ばりばり噛んでるの。みっともない。私はお前をそんなふうに育てた覚えはないよ」

靖子の強い口調に、未央は氷を噛み砕くのをやめた。

「せっかくいいところの奥さんになったんだから、もっとちゃんとしなさい」

学校でいい成績を取ったり、発表会で注目を集めたりしないと、決して誉めてくれなかった母は、今も同じ眼差しで自分を見ている。

二人が押し黙ると、空調の低い音だけが響いた。

「じゃあ、そろそろ私は帰るから」

アイスティーを飲み終えるなり、靖子がソファから立ち上がる。未央も続いて一緒に廊下に出た。

「圭君、おばあちゃん、帰るからね」

靖子が、未央の前では絶対に出さない猫撫で声をあげる。

「おばあちゃーん」

その途端、圭が子供部屋から駆け出してきた。背後から抱きついて纏《まと》わりつく。

「あらあら、圭君は、甘えたさんだねー」

未央にはあれだけ甘やかすなと釘を刺《さ》しておきながら、靖子は相好を崩《くず》して圭の頭を撫でた。

変われば変わるものだと、未央は少し遠くから靖子の様子を眺める。もしかすると靖子は、子供を躾けるのは母親の役目で、〝おばあちゃん〟になった自分はようやくその義務を逃れたのだと、本気で考えているのかもしれなかった。

未央が靖子をエレベーターホールまで送ってから戻ってくると、圭がリビングに寝そべってなにかしていた。

近づいてみれば、フローリングの床の上で、ミニカーのタイヤを転がしている。

「圭、そのヒーローカー、今日、買ってもらったのと同じでしょ。ソファの下から出てきたんだよ。ちゃんとお片付けしないから……」

言いかけて、未央は口をつぐんだ。

圭はミニカー本体を見ていなかった。寝そべって凝視《ぎょうし》しているのは、タイヤの動きだけだった。規則的に転がるタイヤの動きを、一心に見つめている。

何度も転がしているうちに、ミニカーが圭の手を離れた。はずみのついたミニカーは、そのままソファの下に吸い込まれていってしまった。

未央は微かに息を呑《の》む。きっと圭は、前にもここでこれと同じことをしていたのだ。

「ママッ」

ミニカーが視界から消えると、圭はぴょんと立ち上がった。

「遊ぼう、遊ぼう、ゲームしようよ」

まるでミニカーのことなどなかったかのように飛びついてくる。

「ママは晩御飯の支度があるから、ここでテレビ見ててね」

未央は動揺を隠しながら、テレビのスイッチを入れた。夕刻に子供向けアニメを放送している局にチャンネルを合わせる。

画面に色鮮やかなキャラクターが現れると、圭の注意がそちらに向けられた。今度は座るのも忘れたように、テレビの中でせわしなく動くキャラクターの姿を凝視している。

「ちゃんと座って見てなさいね」

圭の腕を取ってソファに座らせてから、未央はキッチンに入った。

厚手のエプロンをかけて、冷蔵庫をあける。

ビタミンD、トリプトファン、ビタミンB6、アラキドン酸……。

子供の脳の発育に有用とされる栄養素を頭の中で唱えながら、食材を手に取っていく。トリプトファンとビタミンB_6を一緒に摂取《せっしゅ》すれば、セロトニンの量が増え、脳内神経回路の発達につながる。効率的に摂取できるのは、鰯《いわし》や鯖《さば》等の青魚類。魚を中心にした伝統的な和食に、たっぷりの野菜と鶏卵《けいらん》やレバーを少量加えるのが最も理想的。

ネットや専門書で調べ上げた知識を、必死になって思い返す。

どれもこれも、子供にはハードルが高い食材だ。少しでも圭が食べやすいように、ミンチにした鰯でハンバーグを作ったり、鯖をカレー味の唐揚げにしたりと、未央は毎晩工夫を凝らしている。

それからなにより大切なのは、規則正しい生活だ。

思えば、未央自身、頭にも身体にもよくないからと、二十一時以降は夕食を食べさせてもらえなかった。塾で遅くなるとき、靖子は必ず未央に二つの弁当を持たせた。夏場は夜まで弁当がもたず、ふんと匂うご飯を食べなければならないのが苦痛だった。

鰯をフードプロセッサーに入れながら、未央は小さく息をつく。

当時はあんなに嫌だったけれど、今となってはそれも親心だったのだと思う。

しかし、こうした親の努力が功をなすのは、七歳まで。

それを過ぎても成長が見られなければ。七歳を過ぎても変わらなければ――。

そこまで考え、未央は思わず大きくかぶりを振った。

〝念のため、相談にいかれたほうがいいかもしれませんよ〟

保健師からそう声をかけられたのは、圭の三歳児健診のときだ。保健師の遠慮めいた口調は却《かえ》って事の重大さを告げているようで、未央を酷《ひど》く怯えさせた。

祈るような思いで訪れた専門医のもとで、圭は反応抑制力指数と選択的注意力指数が平均以下という診断を下された。要するに注意力散漫《さんまん》で、外的刺激に流されやすいということだ。

別にテストを受けなくても、それくらいのことは四六時中圭と一緒にいる未央にはあらかじめよく分かっていた。

問題は、それが異常なのか、正常範囲内なのかということだ。

〝もう少し、様子を見てみましょう〟

しかし肝心《かんじん》なところにくると、専門医は途端に曖昧《あいまい》になる。

〝圭君の場合、IQに問題はありませんから、それに関しては正常です。ただ……〟

ただ、なんなのだ。

その先が知りたい。同時に知るのが、たまらなく怖い。

未央は不安を振り払うように、フードプロセッサーのスイッチを入れた。鰯の切り身が、瞬く間に桜色のミンチになっていく。

今でも定期的に専門医の診断を受けているが、幸か不幸か未央は未だにその先を聞いていない。本当に判断がつかないのか、判断を先送りにしているだけなのか、未央には分からない。

今のところ、幼稚園でも学校でも特に大きな問題にはなっていない。

三月生まれの圭は、元々同学年の子に比べると体が小さく、気持ちも幼い。幼少期の一年の差は大きいこともあり、多少クラスで他の子供たちについていけないことがあっても、先生も大目に見てくれているようだ。

夫の武も、「子供なんてそんなものだ」と、たいして気にかけている様子がない。

だから未央は、圭が〝境界線〟に立っていることを、母の靖子には告げていなかった。告げてしまったら、なにを言われるか分からない。それに、孫への溺愛《できあい》のせいか、靖子はまだ、圭の危うさをそれ程深刻にはとらえていなかった。

このまま大きな問題にならず、靖子にも気づかれず、普通に成長していってくれればいい。

そう願いつつも、ネットで見かける数々の事例を圭の行動の中に見つけるたび、未央はひとりで身を竦《すく》ませた。

事実、大問題にこそ発展していないが、学校から軽い注意を受けたこともある。

一学期の保護者面談で、圭が授業中にいきなり立ち上がって歌い出したことを、未央は担任から聞かされた。その前のクラスで音楽の先生から「歌がうまい」と誉められたことを、追体験しようとしたのではないかと、若い担任の女の先生は苦笑していた。

おまけに窓の外から大きな音が聞こえたりすると、ふらふら立ち上がって見にいってしまうこともあるらしい。

〝でも大抵のお子さんは、一年生の二学期には落ち着きますので〟

色を無くした未央に、若い先生は遠慮がちにそう告げた。

一年生の二学期――。

先生の言葉と、ネットに書かれていた「改善が可能なのは七歳まで」という言葉がぴたりと重なる。圭はまだ六歳だけれど、いつまでもそんなことを言ってはいられない。

もうすぐ一学期が終わる。

その現実が、未央の心を急き立てた。

規則正しい生活。脳によい食事。軽い運動。誉めて育てる……。

境界線にいる子供の改善策が、未央の頭をぐるぐると巡る。

期限はすぐそこまできている。

そのときまでに変わることができなければ――。

圭は、なんらかの発達障害という診断を下されることになるのだろうか。

寝そべってタイヤの動きを注視していた圭の様子が脳裏に浮かび、未央は鰯を丸めていた手をとめた。


なにも書かれていない大きな黒板と、一段高いところにある教壇《きょうだん》。

自分が小学校に通っていたのは二十年以上前のことなのに、教室というのは当時とさほど変化がないのだと未央は思う。教室の壁には、ずらりと工作の絵が貼られていた。初めての遠足でいった動物園の絵だろう。いろいろな動物がクレヨンで描《えが》かれている。

象の特徴をしっかりつかんだ大人顔負けの作品もあれば、抽象画《ちゅうしょうが》としか思えない色の洪水の絵もある。圭が描いた絵は、長い黄色の首がかろうじてキリンと分かるものだった。

児童用の小さな椅子に座り、未央は机を挟んで担任の先生と向かい合っていた。

学期末の保護者会の後、未央のほうから声をかけたのだ。

「圭、最近どうでしょうか……」

恐々《こわごわ》と尋ねた未央に、髪の両サイドを後頭部でまとめた〝お嬢さま結び〟をしている若い担任の先生はおっとりとした笑みを浮かべる。

「問題ないですよ」

その言葉だけで、未央は肩にこもっていた力が抜けていくのを感じた。

「最近では随分じっとしていられるようになりましたし、突然歌い出すようなことも少なくなりました」

そう続けられ、心底ほっとした。

下敷きに入れた未央の〝絵手紙〟は、それなりの効果を発揮してくれたらしい。

元々素直な圭は、その場で言って聞かせさえすれば、大抵言うことを聞く。ただ、その注意をいつまでも覚えていることができないようなのだ。

そこで未央は、小さな絵手紙をハードクリアケースに挟み、それを下敷きとして圭に使わせることを思いついた。

〝べんきょうちゅうに、かってにせきをたっちゃダメだよ〟

〝おんがくのクラスいがいでは、うたっちゃダメだよ〟

圭の好きな漫画キャラクターの似顔絵を、未央は苦心して絵手紙に書き写した。

その苦労が実を結んでいたと知って、嬉しさのあまり、眼の前のふっくらした手を握りそうになった。

まだ二十代のこの先生を頼りなく思っている保護者は多い。だが、ベテラン教師から圭の落ち着きのなさを威圧的に指摘されていたら、ただでさえたったひとりで思い詰めている未央はどこかで潰れてしまっていただろう。

圭の通う学校では、学期の始めと終わりに保護者会がある。そこでよその保護者から問題提起がされるたび、未央は周囲の様子をびくびくとうかがった。

もしかしてそれは、圭のことなのではないか。

クラスメイトの誰かが、圭が授業中に歌い出したことを、母親に告げているのではないか。

その母親が、圭をクラスの邪魔《じゃま》ものと考え、密かに自分を非難の眼で見つめているのではないか。

そう考えると、どんどん気持ちが張りつめてくる。

だから、担任の先生が比較的のんびりと構えてくれていることが、未央には本当にありがたかった。

「圭君はお友達も多くていつも元気ですよ。一学期の成績も、図工と音楽は悪くないですし」

しかし最後の言葉に、未央は少しだけきまりが悪くなる。図工と音楽以外の科目は、概《おおむ》ねよくないということだからだ。

それでも「問題ない」という言葉が嬉しくて、未央は先生に礼を言うと、弾むような足取りで教室を出た。

今日は、靖子が夕方まで圭を見てくれることになっている。たまにはひとりで都心へでも出かけてみようか。思えば、圭が生まれてからずっと、好きな美術館にもいっていない。

浮き浮きした気分で校庭を歩いていると、ふいに背後から声をかけられた。

「伊吹さん」

振り向けば、厚く茂った楠《くすのき》の木陰《こかげ》で、数人の母親たちが身を寄せ合っている。保護者会の後、この暑さの中、立ち話をしていたらしい。

未央に声をかけてきたのは、同じタワーマンションの最上階に住んでいる朝倉《あさくら》千寿子《ちずこ》だった。

「先生とお話しされてたの？」

「ええ……」

貫禄のある二重顎《あご》を向けられ、未央はとっさに愛想笑いを浮かべる。

五十近いという噂のある千寿子は、新学期の保護者会でＰＴＡの役員に選出され、あっという間にクラスの母親たちの中心に収まった。若い母親たちを従えるように甲高い声で喋る姿は、誰よりも存在感がある。

「あの先生、問題意識薄くて、本当に駄目よね」

その千寿子に真っ向からそう告げられ、未央は一瞬、返答に詰まった。

化粧《けしょう》の濃い千寿子の顔に、強気な笑みが浮かぶ。

「私、今度、副校長先生にちゃんとお話ししようと思ってるの。一年生にこそ、ベテランの、もっとしっかりした先生をつけてほしいって」

途端に周囲の母親からも、「そうだよね」「言えてる」と同調の声があがった。

「あの先生自体が〝ゆとり〟だからね。なんにも分かってないのよ」

取り巻きたちの同調に気をよくしたのか、千寿子が益々強い口調で決めつけた。

未央の浮きたっていた心が、一気に萎《しぼ》んで冷えていく。問題ないと言ってくれた担任の先生の輪郭《りんかく》が、ぼやけて崩れていくようだった。

同時に、未央はにわかに怖くなる。担任の先生にまで〝ゆとり〟のレッテルを貼る千寿子が、もし、圭が授業中にふらふら立ち上がったり、突然歌い出したりしていることを知ったら……。

いや、もしかしたら、もう気づかれているのかもしれない。

同じマンションに住む子供たちは、ときどき一緒に登下校することもあるのだから。

未央の脇の下を、気味の悪い汗が流れた。

誰もが臆《おく》するPTAの役員を軽々と引き受けた千寿子は、保護者会でも一番意見が多い。有志を募《つの》り、放課後の「町内パトロール」を率先して行なっているとも聞く。

先程の宣言通り、手応えのない若い担任に見切りをつければ、すぐさま、もっと大きなところで意見を発していくようになるだろう。

認めてもらわなくてはいけないのは、先生だけではない。同じクラスの母親たちのほうが、ずっと恐ろしい。

未央は固唾《かたず》を呑んで、強気な笑みを湛えている千寿子と、その取り巻きたちを見返した。

圭をクラスで孤立させるわけにはいかない。そのためにも――。

この人たちを、敵に回すわけにはいかない。


「ねえ、聞いてるの?」

サラダをテーブルの上に置きながら、この日何度か繰り返した言葉を、未央はもう一度口にした。

「もちろん、聞いてるよ」

すかさず判で押したような答えが返ってくる。

テーブルの向こうでは、コーヒーカップを手にした武が、テレビのオリンピックハイライトを注視していた。

溜め息を押し殺し、未央はキッチンに戻ってフライパンにたっぷりのバターを引いた。炒《いた》めたベーコンの上に、卵を二つ落とす。

ブラックコーヒーに、グリーンサラダとベーコンエッグとトースト。

夫の武の朝食は昔から洋食と決まっている。まだ眠っている圭が見れば、自分もパンを食べたいと駄々をこねるだろう。

だがネット情報に則《のっと》り、圭の三食は脳にいいとされる和食で徹底している。そのために朝食を二度作る手間を、未央は惜しんだことがない。

ベーコンには、亜硝酸《あしょうさん》ナトリウムやソルビン酸等、脳にも身体にもよくない発色剤や防腐剤《ぼうふざい》がたっぷり含まれている。けれど、それを夫のために指摘するつもりは未央にはなかった。

〝ありがとう〟〝美味《おい》しいよ〟

料理を作るたびに笑顔を見せてくれていたのは、結婚して何年目くらいまでだったろう。

今ではなにを食べるときでも、武はテレビか新聞から眼を離さない。

できたてのベーコンエッグの皿をテーブルに置き、自分も席に着きながら、未央はテレビの音量を少し下げた。

「パパからも少しは言ってちょうだいよ。もうドリルが、一週間以上溜まってるのよ。何度言っても、朝顔の種もまかないし」

無駄だと思いつつ、未央はそう繰り返した。

夜は付き合いや残業で外食の多い武とは、朝食のときくらいしかゆっくり話す時間がないのだ。

「子供なんて、皆、そんなもんだよ。夏休みもまだ始まったばかりだし」

相変わらずオリンピックハイライトに気を取られたまま、武はおざなりな声を出す。

「俺だって、夏休みの宿題なんて、お盆明けまでやらなかったぞ。三十一日が毎年地獄《じごく》でさぁ……」

へらへらと笑う夫に、気楽なものだと、未央は内心鼻白む。

それはそうだろう。

学校の夏休みが始まったところで、武は圭と過ごす時間が増えるわけでもない。学校がない分、毎日の勉強は家にいる未央が見るしかない。

圭が宿題をまったくやらなかったとしても、それで学校に呼び出されるのは母親である自分だ。同じく親であるはずなのに、父親の武が責任を問われることは滅多にない。

「ただでさえ、成績もよくないのに。これじゃ益々、勉強についていけなくなっちゃう」

苦々しくこぼすと、武がようやくこちらを見た。

「大丈夫だよ。圭は別に頭が悪いわけじゃないだろ」

ＩＱに異常がないという専門医の言葉を、武はことさら信用している。

「未央はちょっと気にし過ぎだよ。授業中にじっとしてられない子供なんて、俺の時代はいくらでもいたぞ。大体、今はなんにでも障害って名前をつけて騒ぎ過ぎなんだよ」

若い頃にバブルを経験している武は、何事についても鷹揚《おうよう》だ。

昔はそれが豪快にも頼もしくも思えたのだが、最近、未央はそれが根拠のない楽観に思えてしまう。

それに、圭が生きている今は、武がたびたび口にする〝俺の時代〟とは違うのだ。

「俺だって、一年生のときなんてまるでバカだったぞ。それが三年生くらいになると、自然になんでもできるようになるんだよ。圭は元々早生まれなんだし、そう焦《あせ》ることもないよ」

未央の内心の不安に気づかず、武はあくまで楽観的だった。

「成績だって〝がんばろう〟だろ？　〝できない〟じゃないんだから、追々がんばればいいんだよ」

簡単に言い放たれ、それまで黙って聞いていた未央はさすがに苛立ちを覚えた。

〝これはやっぱり躾けの問題なんじゃないの〟

ふいに靖子の小言が脳裏に響く。

先日、訪ねてきた靖子に、圭が持ち帰った成績表を見られてしまったのだ。

よくできる、できる、がんばろうの三段階評価で、一番下のがんばろうの欄《らん》にばかりチェックが入っている成績表を、靖子は汚いもののようにつまんでみせた。

〝私はあなたにこんな成績を取らせたことは一度もなかったよ。もっとしっかりしなさいよ〟

「だから、がんばらせようとして、こっちだってがんばってるんじゃない！」

思わず大声を出してしまい、未央は自分でもハッとした。

武が少し驚いたように眼を見開く。その顔にありありと興ざめの色が浮かぶのを見て、未央はいたたまれなくなって下を向いた。

「分かったよ」

武が半分しか食べていないベーコンエッグを押しやって立ち上がる。

「今度の休みに、俺からも圭に話すから。だからそんなにカリカリすんなって」

そう言うと、武は上着を手に取った。

こんなに暑い中、毎日スーツを着て出勤しなければいけないのは本当に大変だと思う。

武は決して悪い夫ではない。それは未央も充分理解している。

それでも、スーツに身を固めて家を出た瞬間、〝パパ〟とは違うなにかになれる武を未央は心のどこかで羨ましく思った。

子供の頃、あんなにたくさんのお稽古をしたのに、今の未央は〝奥さま〟か〝ママ〟でしかない。他にどこにも逃げ場がない。

勿論、逃げたいなんて思ってはいないけれど――。

気まずい雰囲気の中、武を送り出してから、未央は皿の上に残っている食べかけのベーコンエッグをそのまま生ごみの袋に捨てた。

それから、もうすぐ起きてくる圭のために、鰹節《かつおぶし》と昆布《こんぶ》で味噌汁の出汁《だし》を取る。こうして出汁を取らなければ、味噌汁の栄養は完全とは言えない。顆粒《かりゅう》出汁を使うなんて、もってのほかだ。

私はちゃんと努力している。

鰹節と昆布を鍋《なべ》から引き上げながら、未央は自分に言い聞かせるように唱える。

子供だって、二十八までに産んだんだ。

そう思った瞬間、暗い思いが未央の心を覆《おお》った。ネット情報の中にあった発達障害のリスク。

そこに、父親の高齢というデータがあった。

最近の研究によれば、発達障害のある子供が生まれるリスクは、母親よりも、むしろ父親の高齢にあるということが分かってきているらしい。もちろん一事が万事ということではないだろう。

でも、圭が生まれたとき、武は四十歳。どちらが高齢かと言われれば、そんなことは火を見るよりも明らかだ。

そこまで考え、未央は大きく首を横に振った。

それだけは、どんなことがあっても、決して口に出してはいけない。そんなことをしたら、本当に夫婦で傷つけ合うことになってしまう。

だから、もっともっと努力しよう。できることはなんだってやろう。

ふいに〝がんばろう〟が並んだ、圭の成績表が自分にも突きつけられたような気がした。

けれど、もし――。

どんなにがんばってもできなかったら、そのときは、一体どうすればいいのだろう。

一日にたった一枚のドリルなのに、圭は最後まで集中して取り組むことができない。

何度言い聞かせても、少しでも眼を離すと、すぐに机の前を離れてしまう。そして、寝転がってミニカーのタイヤを転がしていたり、次々に絵本や漫画を読み散らかしたりする。

怒ってはいけないと思っていても、夏休みが始まり、日がな一日圭と一緒にいるようになると、未央はつい苛々してしまう。

どうしてこんな簡単なことができないの。

どうして皆ができることができないの。

気がつくと、大声をあげて叱《しか》ってしまう。そのたびに圭が見せる怯え切った表情は、未央自身もいたく傷つけた。

本当はそんなことしたくないのに。言いたくないのに。

怯えさせたくなんてないのに——。

葱《ねぎ》を刻んでいるまな板の上に、ぽたりと涙の雫《しずく》が落ちる。

自分が泣いていることに気づいた途端、涙がとめられなくなっていた。包丁を握る手をとめ、未央は声を押し殺して嗚咽《おえつ》した。

「ママ、どうしたの！」

突如、後ろから抱きつかれる。

振り向けば、寝起きの圭が大きく眼を見張って、エプロンの紐《ひも》をしめた腰にしがみついていた。

「なんでもない、なんでもないよ……」

未央は慌てて涙をぬぐう。その未央を真剣な表情で見つめた後、圭はキッチンを飛び出していった。

「ママ、見て！」

次に戻ってきたとき、圭は未央のバスタオルを体に巻きつけていた。小柄な圭が花柄の大きなバスタオルを巻くと、まるでドレスを纏っているように見える。

圭はタオルの裾《すそ》をつまんでくねくねと腰を振り、最後に「なに、見てんのよ！」と叫んでみせた。

その仕草の可笑《おか》しさに、未央は思わず噴き出してしまう。

「なによ、それ」

恐らくテレビかなにかで覚えたのだろう。泣いている自分を笑わせようとする圭の優しさが嬉しくて、未央は泣き笑いした。

「ね、ママ、面白いでしょ？」

「うん、面白い、面白い」

本当は分かっている。

この子はちゃんと、いい子なのだ。

はしゃぎ声をあげる圭を、未央は両腕で抱きしめた。


カフェラテの表面に、フォーミングミルクで描いた綺麗なハートマークが浮いている。

それを崩すのが惜しくて、未央はカップにそっと唇を寄せた。

カットしてもらったばかりの髪が軽い。未央は少し浮き浮きした気分で、ショッピングモールを行き交う人たちを眺めた。

こんなふうにのんびりと昼下がりを過ごすのは、本当に久しぶりだ。

今日はお盆休みを取った武が、朝から圭を連れて房総《ぼうそう》の実家に里帰りしている。

〝最高の絵日記を書かせてみせるって〟

夏休みの宿題を少しでも請け負おうと、武は張り切っていた。

おかげで一日圭の世話から解放された未央は、しばし自由になることができた。美術館にいこうかとも思ったが、それよりも伸びすぎていた髪を切ることにした。

美容院にいった帰り、未央は駅前のショッピングモールの吹き抜けにあるカフェに入ってみた。前からここで、ゆっくりとお茶を飲んでみたかったのだ。

ソファに座って吹き抜けを見上げると、巨大な巻貝の中にいるようだ。照明に輝くフロアでは、若い人たちがきびきびと働いている。

亜沙美も、こんなふうに店頭に立っているのかな。

ハイヒールを履《は》いて接客をしているレディースファッション店のショートカットの女性に、旧友の姿が重なった。

「伊吹さん」

ふいに声をかけられ、未央はハッとした。

瞬間。本当に鳥肌《とりはだ》が立ちそうになる。

「やっぱり伊吹さんだ。今日は圭君どうしちゃったの？」

派手な花柄プリントのワンピースを着た朝倉千寿子が、数人の取り巻きたちと一緒にエスカレーターの横に立って自分を見ていた。

どうしちゃったのって、どういう意味――？

いっ、いっ、いっ、
まるで、自分が圭を放り出して遊んでいると嫌みを言われたような気がして、未央は萎縮《いしゅく》した。

「今日は、朝から主人の実家にいっていて……」

途端にしどろもどろになる自分が嫌だった。

そういう千寿子たちだって、子供は連れていないではないか。

本当は言い返してやりたいのに、それができない。うちの子とお宅の子は違う。そう態度で示されるのが怖い。

カフェとフロアを仕切る観葉植物を挟み、未央は千寿子たちと見つめ合った。

「ちょうどよかった。それじゃ、伊吹さん、これから少し時間あるよね」

微妙な緊張感を断ち切るように、千寿子が甲高い声をあげる。

「今日ね。この後、〝町内パトロール〟にいこうって、皆で話してたところだったの。夏休みには、子供同士で街中に出ることも増えるしね」

未央の返答を待たず、千寿子は有無を言わせぬ口調で続けた。

「伊吹さん、今まで参加したことないでしょ？」

千寿子の迫力に押され、未央は結局頷いてしまう。

「北口の商店街のほうに、妙なお店があるのよ」

「妙なお店……」

「そう。一度抗議にいったんだけどね、まるで聞く耳もたなかったのよ。また同じような対応だったら、今度こそ、保護者会で訴えてやるわ」

ファンデーションを厚く塗《ぬ》り込んだ額に、千寿子が大きな皺《しわ》を作った。

「町内パトロール」と称し、千寿子たちが地域周辺にしょっちゅう苦情を言っているという噂が未央の頭の片隅《かたすみ》をよぎる。

とっさに、嫌だな、と思ったが、もう後に引けそうにない。

「それじゃ、後で北口でね」

華やかな声をあげ、千寿子が取り巻きたちと一緒に踵《きびす》を返すのを、黙って見送るしかなかった。むっちり太った背中が見えなくなると、未央はそっと溜め息をつく。

こんなことになるなら、美容院をあきらめて、美術館に出かければよかった。

ほんの一時解放感を味わおうと思っただけなのに、結局は学校関連のしがらみに絡めとられてしまう。

けれど圭のためにも、あの人たちを敵に回すわけにはいかない。

ふと、外で働く武が、一度でもこんな不自由を味わったことがあるだろうかと未央は考えた。

自分に限らず、女性は一度子供を産んだら、もう二度と「母親」以外の軸足を持つことが儘《まま》ならないのかもしれない。

未央は思い出したように、テーブルの上のカップに手を伸ばした。

崩れたハートの浮いたカフェラテは、すっかり冷めてしまっていた。


まだ充分に明るい空に、夕焼け小焼けのチャイムが流れる。約束の五時丁度に、未央は駅の北口で千寿子たちと落ち合った。

いつもマンションのあるショッピングモール側の出口しか使わない未央は、同じ駅でも北口に出るのはほとんど初めてのことだった。

昔ながらのさびれた郊外の面影《おもかげ》を残す北口から続く商店街は、開発の進んだ南口とはまるで印象が違う。シャッターの下りた店や、長屋のような低層の木造アパートが不規則に立ち並び、まさに裏口といった感じだ。

「こっち側はごちゃごちゃしてて、本当に汚いわね。さっさと開発して、綺麗にしちゃえばいいのに」

日傘《ひがさ》を差して先頭をいく千寿子が、容赦《ようしゃ》なく吐き捨てる。

だが北口のスーパーで売られている野菜が、ショッピングモール内の生鮮野菜売り場の半額近い値段であることに気づき、未央は思わず足をとめそうになった。

スーパーの中では、バンダナをかぶったおばちゃんたちが、忙しそうにレジを打っている。モールのようにきらきらかな照明や、お洒落《しゃれ》なディスプレイは皆無だが、夕刻時のスーパーは混んでいた。

そこには、南口ではあまり見かけないお年寄りや、幼子《おさなご》の手を引いた疲れ切った表情の若い母親の姿も見える。化粧気のない若い母親は、駄々をこねている子供を叱りながら、冷凍《れいとう》食品で一杯の買い物かごを抱えていた。

もしかしたら夕飯作りにあまり時間をかけられない、共働きの母親なのかもしれない。不機嫌な表情の母親に、ふと昔の靖子の姿がよぎったような気がした。

「こっち、本当に環境悪いよね」

商店街の途中にジャラジャラと騒音が漏れ聞こえてくるパチンコ屋を見つけ、取り巻きのひとりが千寿子に耳打ちした。

「ねえ、そうでしょう。こういうの見ちゃうと、中学からは絶対私立にしようって思うわよね。公立じゃ、どういう環境の子がくるか分からないもの」

得意げな顔をする千寿子に、本当、本当と、すかさず同調の声があがる。

最後尾を黙って歩きながら、未央は段々いたたまれない気持ちになってきた。

随分と勝手なことを言うものだ。今の学校にだって、この一帯から通ってきている子供はたくさんいるだろうに。

タワーマンション族の自分たちのほうが、後からここに乗り込んできたはずなのに。

それに、こんなのは普通だ。元々お金持ちの家に育ったわけではない未央は、雑然とした商店街を見回しながら冷静にそう思う。

露地物を売る格安スーパーがあって、営業しているのかいないのか分からない暗くて小さなお店が並んでいて、お年寄りがたくさんいて、パチンコ屋があって、昼から酔っ払っていい気分になっている小父《おじ》さんがいて、野良猫がいて……。

別に環境なんて悪くない。ここはただの下町だ。

やみくもな駅前開発で下町を無くしてしまったら、かつての自分たちのような裕福でない家族は、一体どこへいけばいいのだ。

千寿子たちがあしざまに言う雑然とした商店街の雰囲気が、未央は密かに懐《なつ》かしかった。

けれど、もしかしたらその下町から娘を抜け出させたくて、母の靖子は自分にあんなに習い事をさせたのだろうか。

鬱々《うつうつ》と考えていると、千寿子たちがふいに商店街の角を曲がり、細い路地に入った。

え、こんなところ――?

未舗装の砂利《じゃり》道を踏みながら、未央はいささか意外に思う。

人ひとり通るのがやっとの狭い路地を、日傘を差した奥さま然とした女たちが行列を作って分け入っていくのは、なんだか滑稽《こっけい》なほどだ。

気をつけて歩かないと、華奢《きゃしゃ》なサンダルの踵が砂利に取られそうになる。

朝顔の鉢をたくさん並べた、いかにも古そうな木造アパートの前を通り過ぎると、つきあたりに小さな中庭のある古民家のような一軒家が現れた。

「ここよ」

先頭の千寿子が、警戒も露《あらわ》な声を発する。

「ここのお店に、怖いもの見たさで子供たちがきちゃうらしいのよ」

怖いもの見たさ？

千寿子たちと一緒に中庭を囲う白い門の中を覗き、未央は大きく眼を見張った。

「ちゃらっちゃ、ちゃら、ちゃらっちゃらー」

マリリン・モンローの「ププッピドゥ」を口ずさみながら、ムウムウのようなドレスを着た真っ赤なロングヘアーの人物がキジトラの猫を抱えて腰を振っている。

中庭に植えられたハナミズキの周りに並べられているのは、ショッキングピンクのミニドレスや、スパンコールが鱗《うろこ》のようにびっしり縫《ぬ》いつけられたロングスカートなど、一体どこの誰が、どんな場所で着るものなのかと眼を疑いたくなる、ど派手な服ばかりだ。

踵が二十センチ近くある、竹馬のようなハイヒールも並んでいる。

ダンスファッション専門店シャール――。

未央は、ハナミズキの枝に掛けられた看板に眼をとめる。

千寿子が咳払いすると、猫と踊《おど》っていた人物がぴたりと足をとめた。真っ赤なロングヘアーが顔を上げた瞬間、未央は完全に言葉を失った。

男だ。

パイナップル柄のムウムウを着て、真っ赤なウイッグをかぶっている。

けれど、どこからどう見ても、人相の悪い若い男だ。

「なに、見てんのよ！」

男がどら声を張り上げた途端、未央は頭を殴られたようなショックを受けた。

「ね、冗談ごとじゃないでしょ？」

千寿子が立ち尽くしている未央を振り返る。

「まったくよ。こんなお店が、通学路の近くにあるなんて、ありえない」

「こんなの見たらトラウマよ。子供たちにどんな影響があるか、分かったもんじゃないわ」

取り巻きたちが口々に騒ぎ始めた。

まさか。

まさか、まさか……。

未央は全身がわなわなと震《ふる》えてくるのを感じた。

涙ぐんでいた自分を笑わせようとして、バスタオルを体に巻きつけてくねくね腰を振っていた圭の姿が脳裏に浮かぶ。

〝なに、見てんのよ！〟

あのときも、圭は最後にそう叫んでみせた。

あれは、テレビかなにかで覚えたことではなく、この男の真似《まね》だったのか。それでは、圭も他の子供たちと一緒に、たびたびここへきていたということなのか。

やはりずっと、自分が送り迎えするべきだった。

未央は激しい後悔に襲われる。

六月に入るまで、毎日圭と一緒に登下校をしていたのだが、「ひとりでいける」という言葉を信じて、最近では自由にさせていたのだ。

「ここは、小学生の通学路もあるんですよ。そんな変な格好《かっこう》で、うろつかないでくださいよ」

千寿子が一歩前に出て、大声を張り上げた。

「うっせえ、教育ママごん！」

男がくるりとこちらに向き直る。その瞬間、キジトラの猫がするりと男の手から抜け出した。軽やかに地面に着地するなり、猫は軒下を駆け抜け、あっという間に姿を消した。

「毎度毎度大勢で押しかけてくんじゃないわよ。そっちのほうがよっぽど近所迷惑ってもんだわよ。猫だって逃げたわ」

真っ赤なロングヘアーをなびかせ、男が仁王立ちで腕を組む。

「大体、あたしがいつ、どこをうろついたっていうのよ。こっちはこの店から、一歩も外に出ちゃあいないわよ。通学路を外れて、わざわざこんな奥にまで店を覗きにやってくるのは、あんたらの子供のほうでしょうが。そんなの、こっちの知ったこっちゃないわよ」

「改善するつもりがないなら、しかるべきところに抗議します」

「やれるもんならやってみろ、教育ババア」

「なんですって」

千寿子がこめかみまで真っ赤になった。

だが男は一向に臆する様子がない。それどころかフンと鼻を鳴らし、益々胸をそらせた。

「大体、なにをどう改善しろってのさ。あたしは普通に店番してるだけよ。そんなに心配なら、自分たちの子供の首根っこに縄《なわ》でも結びつけときゃいいんじゃないの」

男がべえっと舌を出す。

「信じられない！」「非常識よ！」「ありえない！」

男の傍若無人な開き直りぶりに、いつしか未央までが千寿子たちと一緒になって悲鳴のような声をあげていた。

「もう許せない、断固抗議してやるわっ」

額に青筋を立てて拳を振り上げる千寿子の後ろで、未央も激しく相槌《あいづち》を打つ。

ただでさえ周囲の刺激に流されやすい圭が、こんな男の影響を受けたのではたまらない。

ついさっきまで千寿子たちの排他的な態度に辟易《へきえき》していたはずなのに、こと、ひとり息子の圭のためなら、自分もまたいくらでも排他的になれることを、未央は心のどこかで微かに自覚した。

しかし、結局、男と千寿子が散々怒鳴り合っただけで、なんの話し合いにも至らぬまま、「町内パトロール」は散会になった。

マンションに戻ってきたとき、未央はすっかり疲れ果てていた。

せっかく美容院でセットしてもらった髪が汗で額に張りつき、ぼさぼさになっている。そのままソファに倒れ込むと、未央は自分でも気づかぬうちに眠り込んでしまった。

未央が眼を覚ましたのは、玄関に武と圭の声が響いたときだ。

「ママ、ただいまぁーっ」

圭の元気一杯の声に、未央は慌てて身を起こす。部屋の中は真っ暗で、今が何時なのかも分からなかった。

急いで電気をつけ、髪を撫でつけながら迎えに出れば、今日一日で真っ黒に日焼けした圭が嬉しそうにミニカーを振っている。

また、あのヒーローカーだ。

「圭、それ……」

うちから持っていったの？――と、聞きかけた未央の言葉を、武の朗《ほが》らかな声が遮った。

「ああ、それ、お袋が買っちゃったんだ。圭が、キッズプラザで、どうしてもそれが欲しいってねだるからさ」

未央はすっと血の気が引くのを感じた。

「それにさ、圭の奴、面白いんだよ」

ほら、やってみせろよ、とけしかけた武の前で、圭がくねくねと腰を振って踊り出す。

「これ見て、お袋も笑っちゃってさぁ……」

さもおかしそうに腹を抱える武の前で、未央は力一杯叫んだ。

「圭！　やめなさいっ」

未央のあまりの剣幕に、圭と一緒に武までが凍りつく。それでも未央は、どうしても自分を抑えることができなかった。

だって、武は知らないのだ。

休日に、一緒に出かけるだけでは、子供の「日常」は分からない。子供の「日常」を把握《はあく》しているのは、否《いな》、把握せざるを得ないのは、親であることから圧倒的に軸足を外せない母親のほうなのだ。

未央は圭の手首をきつく握り、ミニカーを離させた。

「圭、分かってるの？　これ三台目だよ。まったく同じヒーローカーが、三つだよ、三つ！」

取り上げたミニカーを、圭の鼻先に突きつける。大きく見張った圭の瞳《ひとみ》に、ぷくりと涙が盛り上がった。小さな口元から、怯えたようなすすり泣きが漏れる。

「おい、ママ……」

武の非難めいた声を無視し、未央は圭の細い肩をつかんだ。

「それから圭、さっきの変なダンスを覚えたところには、もう絶対にいっちゃ駄目。お友達がいこうって言っても、ついていっちゃ駄目。学校から帰るときは、必ず毎日真っ直ぐおうちに帰ってきなさい」

圭の眼を見据《みす》え、未央はきつい声で告げる。

「そうでないと、ママ、もう圭のことなんて知らないからね！」

ぐずっていた圭が、ついに大声をあげて泣き始めた。

「パパ、パパ、ママがぁ……」

身を絞って泣き出した圭の肩を、武がかばうように抱き寄せる。

「一体、なんなんだよ」

せっかくの休日を台無しにされたとばかりに、武が不機嫌極まりない声をあげた。

短く息を吐き、未央は二人に背を向けた。


二学期最初の保護者会は、いつになく長引いた。

小学生用の窮屈な椅子に座り、未央はもどかしいような思いで掛け時計を眺める。今日は母の靖子の予定がつかず、圭にひとりで留守番をさせている。

いつもより多めのおやつを用意し、好きなアニメ映画のＤＶＤを見るように絵手紙で伝えておいたので、大丈夫だと思うのだが――。

授業の終わりを待つ小学生に戻ったように、未央は掛け時計の長針ばかりを見つめた。

先程から、千寿子がひとりで滔々《とうとう》と意見を述べている。

この組は、他の組に比べて授業が遅れているのではないか。二学期はカリキュラムごとに他のクラスと比較した授業の進捗《しんちょく》状況がはっきり分かる資料を作ってほしい。それから課外授業の際は、虫に刺されないようにもっと注意してほしい……。

正直、前段のくだくだしいクレームについては聞き流していたが、通学路の環境について意見が及んだとき、未央はハッと我《われ》に返った。

「通学路に近い場所に、おかしなお店があるのは考えものだと思うんです」

千寿子の甲高い声に、若い担任はただ、はあ、はあと頷いている。

「先生は、ちゃんと把握されているんですか」

煮え切らない反応に業を煮やし、千寿子の声が尖《とが》った。

「商店街の……奥ですよねぇ。通りに面してるわけじゃないんですよね」

お嬢さま結びの先生は、相変わらず危機感のない表情をしている。

「そうですけど、通学路に近いことには変わりないじゃないですか。現に、子供たちがそこを訪れてるんですよ」

息巻く千寿子の背後で、未央も取り巻きたちに加わり、盛んに相槌を打った。

くねくねと腰を振っている圭の姿を思い返すと、今でも冷や汗が湧きそうになる。我が子のためとなれば、普段煙たく感じる千寿子たちの仲間になることも、なんともなかった。

取り巻きたちと一緒になって、未央は若い担任に詰め寄る千寿子を後押しした。

担任がいつまでも答えを出せないことに、天井の低い教室に煮詰まった空気が流れる。

「はい」

そのとき、教室の背後からおもむろに声があがった。

振り向けば、普段滅多に保護者会に出てこない前田《まえだ》という母親が、さも仕方がないといった様子で手をあげている。

「前田さん、お願いします」

先生が指名するなり、前田はゆっくりと立ち上がった。

「大丈夫ですよ。あのお店はもうずっと以前から北口の商店街にありますけど、今の今まで問題になったことなんて、ただの一度もありませんよ」

その落ち着き払った口調に、教室内がしんとする。

千寿子が反論できずにいると、後ろの席に座った母親たちが徐々に相槌を打ち始めた。

「そうよね。あのお店、結構前からあるよね」

「ダンス衣装のお店でしょ」

「そうそう」

このとき未央は、千寿子に牛耳《ぎゅうじ》られているとばかり思っていた保護者会に、別の静かな勢力が存在することに初めて気づかされた。

それは、この学校に何人もの子供を通わせている、北口の下町に昔から住んでいる母親たちだった。

共働きが多い彼女たちは、保護者会にあまり熱心に参加してこないし、千寿子のように声高に意見を言ったりもしない。けれどひとたび口を開けば、その発言には経験値に裏付けされた確かな自信と重みがあった。

「朝倉さんはまだこちらにきて浅いので心配かもしれませんけど、別に問題などありませんよ」

青褪《あおざ》めた表情の未央たちを見返し、前田は鷹揚な笑みを浮かべた。

結局、この件に関する千寿子の意見は保留されるにとどまり、夕刻まで長引いた保護者会はようやくお開きになった。

「あの、伊吹さん」

急いで帰り支度をしていると、未央は担任の先生からそっと声をかけられた。

「ちょっと、残っていただいてもいいですか」

その遠慮めいた口調に、胸がどきりと波打つ。

周囲を見回せば、千寿子とその取り巻きたちは、未央のことなど一顧《いっこ》だにせず、教室を出ていこうとしているところだった。恐らく、自分たちの意見を蔑《ないがし》ろにされたことを、どこかのカフェかファミレスあたりでぶちまけるつもりででもいるのだろう。

むしろ声をかけられなくてよかったと思ったが、眼の前の先生が微かに眉を寄せているのを見ると、未央はにわかに不安になった。

他に誰もいなくなった教室で、児童用の小さな机を挟み、未央は若い担任の先生と向き合った。

珍しく向こうから呼びかけてきたのに、お嬢さま結びの担任は、なかなか要件を言い出そうとしない。

「あの、なにか……」

未央が焦れて問いかけると、先生は覚悟を決めたようにようやく口を開いた。

「最近、圭君、おうちではどうですか」

いかにも言葉を選ぶ様子でそう切り出され、未央は動悸《どうき》が速くなるのを感じた。

そこに、三歳児健診のときに声をかけてきた保健師の遠慮めいた眼差しが重なる。

どうって、どういうこと――？

返答に詰まる未央を、いたわるように見つめながら、それでも先生は言いにくそうに告げた。

「圭君。最近、ちょっと、授業での態度がおかしいんです」

夏休みが終わってから、圭のクラスでの態度が悪化している。

小テストのときにいきなり立ち上がって騒いだり、悪ふざけのようにおどけたり歌い出したりして、授業を中断させることが増えたという。

「前のときとは、少し違うんですよ」

それが、明らかに授業の妨げになっていると聞かされ、未央は指先の震えを隠すことができなくなった。

大抵の子供は、一年生の二学期には落ち着くはずではなかったのか。

夏休みのドリルも、プリントも、朝顔の観察日記も、毎日毎日お尻を叩き、未央自身疲れ果てながら、なんとか期日までに終えさせたのに。

どうにかして、二学期もクラスについていけるようにと、必死に心を砕いてきたのに。

それなのに、態度が悪化しているなんて。

七歳までに改善されなければ——。

ネットの情報が未央を強く打つ。やっぱり圭は、大抵の子供とは違うということなのか。

「夏休みの間に、なにか変わったこととかなかったですか」

担任の問いかけは、もう、未央の耳には入ってこなかった。

どうして——。

未央は打ちひしがれながら、教室を出た。

あんなに努力したのに、がんばったのに、やっぱり、どうにもならなかった。

でも、どうして。

心の底から湧いてくる疑問を打ち消したくて、未央はひたすら家路を急いだ。誰にも声をかけられないように、誰にも気づかれないように。

これから一体、どうすればいいのだろう。

これ以上に一体、なにをすればいいのだろう。

マンションのエントランスをくぐるときも、エレベーターに乗るときも、未央はずっとうつむいていた。

できることなら、なにもかも放り出して、このままどこかへ逃げてしまいたかった。

鍵《かぎ》をあけた瞬間、未央は眼を眇めた。

「ただいま……」

玄関先にランドセルや靴下《くつした》や上着が脱ぎ捨てられている。いつも子供部屋まで持っていくように、口を酸っぱくして言い聞かせているのに。

未央はランドセルや靴下を拾い上げて子供部屋に入った。リビングでまだＤＶＤを見ているのか圭はいない。

リビングに足を踏み入れた未央は、思わず眼を覆いそうになった。掃除したばかりのリビングの床に、玩具や漫画やお菓子の食べかすが散乱している。

嵐《あらし》の後のように散らかった部屋の中で、台風の目の如く、ヒーローカーを握った圭が、カーペットの真ん中で俯《うつぶ》せになって眠っていた。

その足が幸福の木のドラセナの鉢を蹴り倒し、土がカーペットにぶちまけられているのを見たとき、未央の中で張り詰めていた糸がぷつんと音をたてて切れた。

「圭！」

気づいたときには、細い腕をつかんで引きずり起こしていた。まだぼんやりしている圭の肩を鷲掴《わしづか》みにし、強く揺さぶる。

「圭、起きなさい。どうしてこんなに部屋を汚すの」

ようやく眼を覚ました圭は、未央の剣幕に顔を引きつらせた。

その怯えた表情が被害者ぶっているように見えて、益々未央の怒りをあおる。

「どうしていっつもママの言うことを聞けないの」

未央は圭を激しく揺さぶった。

「今日、先生から聞いたよ。圭君、授業中にまだ歌ったり騒いだりしてるんだって？」

圭が眼を見張る。

「だって、ママ……」

「だってじゃないでしょ！」

言い訳をしようとする圭を、未央は怒鳴りつけた。

「下敷きに入ってる、ママのお手紙はどうしたの？　あれだけ騒いじゃ駄目って言ったよね。なのに、どうして言いつけを守れないの？」

靖子や武のように無責任に甘やかすだけでは、なにも解決しない。

結論を先送りにするばかりの、専門医も信用できない。

結局、私しかいない。

未央はどんどん頭に血が上るのを感じた。

「どうして、どうして、普通のお友達のできることが、圭にはできないの！」

どうして――。

再びあの問いが、心の奥から襲ってくる。

どうして。

どうして、私の子なの――？

形になってしまった自問に、未央は胸を射抜《いぬ》かれた。

我に返ると、圭が顔を真っ赤にして激しく泣きじゃくっていた。

「ママ……ご……めんなさい……」

散々に揺すられ、髪も乱れ、シャツもよれてしまっている。涙と鼻水で顔をぐしゃぐしゃに汚し、圭がしゃくりあげた。

「ごめんなさい、ママ、ごめんなさい……」

泣きながら繰り返す圭を前に、未央は茫然とした。

こんなふうに感情的に怒鳴りつけてしまうなんて、自分はどうかしている。

でも、もう、どうしてよいか分からない。

泣きじゃくる圭の肩から手を離し、未央は声もなく項垂《うなだ》れた。


翌日。未央は髪を振り乱し、通学路を走っていた。

首筋や胸元を、生温《なまぬる》い汗がひっきりなしに流れていく。台風が途中で熱帯低気圧に変わったせいか、その日は九月の半ばとは思えないような暑さだった。

圭がいなくなったのだ。

子供部屋で宿題のドリルをさせていたはずなのに、ほんの一瞬眼を離した隙に、姿が見えなくなった。

部屋という部屋中を探したが、どこにもいない。風呂場や洋服ダンスの奥まで散々探し回ったあげく、玄関にあった小さな靴が無くなっていることに気がついた。

ひとりで外へ出ていったのだ。未央は慌てて自分もパンプスを履いた。

いつも誰かの後をついて回るだけだった圭が、たったひとりで一体どこへいってしまったのだろう。

不安のあまり、こめかみの辺りがじんじんと痛む。

同じタワーマンションに住むクラスの母親の元も訪ねたが、千寿子を筆頭に、彼女たちはそもそも自分の息子や娘が圭と遊ぶわけがないといった態度だった。

やはり昨日、きつく叱ったのが原因だろうか。

途中の公園に立ち寄りながら、未央は泣きじゃくっていた圭の姿を思い返す。

〝境界線〟の子供は誉めて育てる。

どの専門書にも、判で押したように同じことが書いてある。

でも——。

それだけで本当にすべてがうまく収まるだろうか。やっぱり叱らなければ、分からないことだってあるのではないだろうか。

だって、そのすべてを試した結果、結局圭の態度は好転していなかったのだから。

ただ、叱っていたときの自分が冷静だったかと考えると、胸の奥から苦いものが込み上げる。

あのとき、未央は自分でもどうしていいか分からなかった。

〝期限〟が切れる——。

そう思った瞬間、未央もまた、怖くてたまらなくなったのだ。

公園にもどこにも圭の姿を見つけられず、未央はその場にしゃがみ込みそうになる。

ごめんなさい、ママ、ごめんなさい……。

顔中を涙で汚し、真っ赤になって泣いていた圭の姿が脳裏に浮かぶ。

途端に、黒雲のような後悔に襲われた。

いつの間にか学校についてしまい、未央は途方に暮れた。生垣《いけがき》から校庭を覗けば、部活動にいそしむ高学年の児童の姿しか見えない。低学年の圭が下校時刻間近に校庭に入ろうとすれば、守衛に呼びとめられるだろう。

後はショッピングモールのキッズプラザか、ブックストアの絵本売り場か……。

圭のいきそうな場所を考えているうちに、未央はもうひとつ、恐ろしいところがあることに気がついた。

踵を返し、駅前に向かう。

ショッピングモールを通り抜けて反対側の北口に出ると、未央は商店街をひた走った。真夏のような蒸《む》し暑さの中、晩夏ゼミのツクツクホウシが盛んに鳴いている。

額の汗をぬぐおうともせず、未央はあの細い路地に駆け込んだ。

朝顔、ハナミズキ、白い門……。

次々と目印を数え上げ、自分が一度しかきたことのない場所に、正確にたどり着いたことを確認する。

ダンスファッション専門店シャール。

恐々と門の奥を覗き込むと、しかし、そこにはあの真っ赤なウイッグをかぶった柄の悪い男はいなかった。

その代わり、ハナミズキの下の折り畳《たた》み式チェアに大柄な人物が腰かけているのが見えた。頭にターバンを巻き、藍《あい》色のサマードレスを纏ったその人は、孔雀《くじゃく》の羽根の扇で優雅に胸元を扇いでいる。

長い首と引き締まった後ろ姿は、ギリシャの彫像のようだ。

大きな耳飾りが時折揺れる。ここからは見えない誰かに向けて、相槌を打っているらしい。

もっとよく見ようと背伸びをしていると、ふいにターバンを巻いた人が振り返った。

「圭っ」

その瞬間、死角になっていた場所にキジトラの猫を抱いた圭の姿を見つけ、未央は思わず大声をあげる。

「圭、圭っ」

夢中で白い門をあけ、未央は中庭に乗り込んだ。

「ここには二度ときちゃ駄目だって、あれほど言ったでしょ！」

大声で怒鳴りつけながら、細い手首をきつく握りしめる。声も出せずにいる圭の腕から、猫が身をよじって逃げ出した。

「どうして何度言っても、ママの言うことが聞けないのっ」

圭を引っ張って出ていこうとしたとき、すっと孔雀の羽根を鼻先に突きつけられた。

驚いて見返し、未央はぎょっとする。

この人も、男だ。

頭に虹《にじ》色のターバンを巻き、両の耳にゆらゆらと揺れる大きな銀細工の耳飾りをつけ、瞬きのたびに音の出るような付け睫毛《まつげ》をつけ、唇を深紅《しんく》に塗った――。

けれどその原型は、中年のいかつい男性だった。

未央はとっさに圭を背後に庇《かば》って身構える。

「お話ししてただけよ」

ふいに低い声が響いた。

男が静かな眼差しで未央を見ている。

答えることのできない未央に、ターバンを巻いた女装の男はゆっくりと、しかし、きっぱりと告げた。

「圭君は、なにも怒られるようなことなんてしてないわ。私たち、一緒にお話ししてただけよ」


まだ残暑はいくばくか残っていたが、日が暮れるのが本当に早くなった。

蟬の代わりに鳴き始めた秋の虫たちの声を聞くともなしに聞きながら、未央は窓辺からぼんやりと夕暮れどきの町内を見下ろしていた。掃除と洗濯を終え、観葉植物の葉を磨き終えると、他にすることがなくなった。

ここ数日、未央はずっとひとりきりで過ごしている。

「連休は、ひとりで少しゆっくりするといいよ」

そう言い残し、武は再び圭を連れて房総の実家に帰っていった。

未央は横須賀の母と房総の義父母に、敬老《けいろう》の日のプレゼントだけを用意し、武の言葉に従うことにした。

武の提案は、未央を慮《おもんぱか》っているようでいて、その実、圭のためでもあった。

件《くだん》の店から無理やり連れ帰って以来、圭はほとんど笑わなくなった。未央が話しかけても、眼を見ようとしない。三台のまったく同じヒーローカーを、黙々と床に転がしていたりする。

圭は、すっかり持ち前の明るさをなくしてしまっていた。

それを見かねた武が、秋の連休もお盆同様、圭を自分の実家に連れていくと言い出したのだ。

〝嫁〟抜きの息子と孫の来訪のほうが、義父母には歓迎されることを、未央も薄々感じている。

それじゃ、お願いします――。

頭を下げた未央に、武は溜め息交じりに言った。

「あのさ、俺は、圭がたとえそうであっても仕方がないって思ってるよ」

夫の言わんとしていることを分かりたくなくて、そのとき未央はとっさに顔を背けそうになった。だが、武はそんな未央にはっきりと告げた。

「落ち着きのない子なんていくらでもいるし、そんなの個性の範疇《はんちゅう》だよ。勉強なんか多少できなくても、素直で健康なのが一番じゃないか」

そんなの建前にすぎない。

あなたはいつも圭と一緒にいるわけじゃないから。

最終的にあの子の責任を取るのは、どんなときでも親であることから軸足を外せない、この私だから――。

頭に浮かんだ言葉を、未央は結局口にすることができなかった。

心の奥では、武が正しいのだと分かっていた。

「未央がいつも圭のために心を砕いていることは、俺だってよく分かってる。でも、ときどき、見ててかわいそうになるんだよ」

かわいそう――？

聞き返した未央に、武は言いにくそうに続けた。

「圭の奴、俺んちにきたとき、お袋がホットケーキを焼いてやっただけで、飛び上がらんばかりに喜ぶんだぜ」

だって、ホットケーキに使われてる小麦と牛乳には、子供の脳の発育によくないグルテンとカゼインがたくさん入ってて――。

言いかけた未央を、武は半ば呆れたように眺めた。

「あのさ……」

それから武はうんざりしたように言ったのだ。

「圭がそうであったら困るのは、圭じゃなくて、未央自身なんじゃないの？　自分の完璧主義のために、あんまり圭を追い詰めるなよ」

その晩、夫に告げられた最後のひと言を思い返すと、未央は今でも足が竦みそうになる。

そう、なのだろうか。

夫が言うように、自分は己のために、それを認めることができないのだろうか。

窓辺を離れ、未央はそっとソファに腰を下ろした。

磨き終えたばかりの、ドラセナの濃い緑の葉が眼に入る。

幸福の木――。引っ越し祝いに、友人の亜沙美が贈ってくれたものだ。

〝三十代半ばでタワマンに住んでる奥さまなんて、そうそういないんだよ〟

からかうように告げられた言葉が、耳の奥に空しく響く。

せっかくひとりの時間が持てたのに、未央はどこにも出かけなかった。外に出る気力が湧かなかったのだ。

掃除だけはいつもと同じように念入りにこなしたが、ここ数日、料理もまともにしていない。空腹に耐えられなくなると、食パンをそのまま齧《かじ》ったりしていた。

だが、明日には武と圭が戻ってくる。

棚の上の卓上カレンダーに眼を走らせ、未央はソファから腰を浮かせた。

冷蔵庫の中には、ろくなものが入っていない。

なにか、買いにいかなくては。

重たい脚を引きずり、未央は外出の準備を始めた。


すっかり日の落ちた街中は、どこを歩いていても、澄《す》んだコオロギの鳴き声が響いた。まだ蒸し暑さが残っているが、夜風は充分に秋の気配をはらんでいる。

未央はショッピングモールに向かったが、明るい照明の生鮮野菜売り場を歩くうちに、ふいに考えが変わった。

そのままショッピングモールを通り抜け、反対側の北口に出る。こちら側のスーパーのほうが、混んではいるけれど、安くて美味しそうな露地物の野菜が並んでいたはずだ。

大売出しの看板に近づいていくと、段ボールに山と積まれたじゃが芋や玉葱が眼に入った。

〝食べ収め〟の貼り紙のついた段ボールのトウモロコシは、一本六十円だ。

未央は買い物かごを手に取り、格安の野菜を見て回る。どれもこれも、ショッピングモールの半額近い値段だった。

スーパーの中は、仕事帰りらしい女性たちで一杯だ。未央はできるだけ人の流れに逆らわないようにしながら、いろいろな売り場を見て回った。

途中、お菓子売り場の一角に、ホットケーキミックスを見つけた。

〝圭の奴、俺んちにきたとき、お袋がホットケーキを焼いてやっただけで、飛び上がらんばかりに喜ぶんだぜ〟

武の言葉が甦り、足がとまる。

一度も買ったことのないパッケージを、未央はじっと見つめた。

「伊吹さん？」

ふいに声をかけられ、未央はハッと我に返る。

振り向くと、菓子パンの補充をしていたスーパーの従業員が円《つぶ》らな瞳でこちらを見ていた。

「あら、やっぱり伊吹さんだわ」

繰り返され、未央はようやく思い当たった。

「前田さん」

「そうそう。覚えててくださったのね」

先日、保護者会で決めのひと言を放った前田が、バンダナをかぶり、スーパーのロゴ入りエプロンをつけた姿で菓子パンを手に立っている。

「伊吹さんみたいな奥さまでも、こんな店で買い物するのね」

つい、という感じでそう言ってしまってから、「こんな店ってことはないわね」と、前田は慌てて周囲を見回した。その気取りのない様子に、未央は緊張がほぐれるのを感じた。

「実は初めてきたんですけど、野菜が新鮮で美味しそうです」

「あら、嬉しいこと言ってくれるじゃない。このスーパーってね、元は八百屋《やおや》さんだったんだって。だから、野菜の仕入れには少々自信があるみたいよ」

前田が気安く未央の肩を叩いた。年齢は千寿子と同じくらいだろうか。化粧気のない頰《ほお》に浮かんだ笑みには、少しの威圧感もなかった。

「それに、私、奥さまじゃないです」

その気安さに甘え、未央は本音を漏らす。

「あら、そうよね。それを言ったら、私だって奥さまだわ」

屈託《くったく》なく笑いながら、前田が菓子パンの補充を始めた。仕事の邪魔をしては悪いと、未央は軽く会釈《えしゃく》してその場を立ち去ろうとする。

「伊吹さん」

だが踵を返しかけたとき、前田が再び声をかけてきた。

「ごめんなさいね」

唐突に頭を下げられ、未央は戸惑う。

「え、なにがですか？」

問いかけた未央の顔を、前田は真っ直ぐに見た。

「この間、伊吹さんも随分心配されてたみたいだけど、シャールちゃんのお店にクラスの皆を誘ったのって、もしかしたら、うちのバカ次男かもしれないわ」

シャールちゃん――？

一瞬考え込んだ後、すぐに中庭にハナミズキが植えられたあの店が浮かんだ。

「ダンスファッション専門店、シャール……」

声に出して呟けば、「そうそう」と頷かれる。

「あのお店の人たち、ちょっと変わってるけど、別に悪い人たちじゃないのよ」

ちょっと？

頭の中で、真っ赤なウイッグをかぶった人相の悪い男が、べえっと舌を出した。

思わず眉をひそめた未央に、前田は朗らかに告げる。

「実はね、私、このスーパーのパート仲間たちと一緒に社交ダンスをやってるんだけど、時々あのお店で特注のドレスを作ってもらってるのよ」

未央は驚きのあまり、眼の前の丸々と太った小柄な体を頭の天辺《てっぺん》から足の先まで眺めまわしてしまった。

途端に、前田にばしんと背中をどやされる。

「嫌だわ、伊吹さんって案外正直ね。そんなにびっくりした顔しないでよ。言ったでしょ。私だって、奥さまなんだって」

「ご、ごめんなさい……」

「いいのよ、いいのよ。息子どもからも、お化けだの、妖怪《ようかい》だのって言われてるんだから」

慌てて謝った未央に、前田はさも可笑しそうに笑った。

「でも、私たち、おばちゃんにだって、楽しむ権利くらいはあるってことよ」

しかし前田のその言葉に、未央は小さく息を呑む。

黙り込んだ未央を、前田は明るい眼差しで見返した。

「以前、シャールちゃんが、私にそう言ってくれたことがあるの。店番のジャダちゃんは、確かにちょっと血の気の多いところがあるけど、でもオーナーのシャールちゃんは、本当にすてきな人よ。あそこは、ときどき夜も営業してるから、機会があったら、伊吹さんもちゃんとお話ししてみたらいいわ」

藍色の薄手のサマードレスを纏い、孔雀の羽根の扇を自分の鼻先に突きつけてきた、女装の男の静かな眼差しが脳裏に浮かぶ。

「そうそう」

作業に戻りがてら、前田は告げた。

「あそこにいる人たちはね、おかまじゃないんだって。全員、品格のあるドラァグクイーンなんだって」

きびきびと補充を終えてから、前田は未央に向かって片目を閉じてみせた。

おかまじゃなくて、ドラァグクイーン……。

その違いをぼんやり考えながら、未央は前田と別れてレジに並んだ。レジでは、バンダナをかぶったおばちゃんたちが、お年寄りに声をかけたりしながら、手際よくレジを打っている。

未央はふと、彼女たちがきらびやかなドレスに身を包んで社交ダンスを踊っているところを想像してみた。

すると、それはあながち、ありえない光景ではないような気がしてきた。意外にも、そこには胸を躍らせるものがあった。

たとえプロになることはできなくても、人はいつからでもいろいろな顔を持つことができるのかもしれない。未央は頭のどこかでそう考えた。

結局、野菜やらなにやらを両手一杯に買い込んで、未央はスーパーを後にした。コオロギやカネタタキの鳴き声を聞きながら、無心に足を運ぶ。

商店街に面した大通りに出たとき、未央はふと立ちどまった。このまま駅に向かい、モールを通ってマンションに帰るか、それとも――。

それ以外の選択肢など自分にはないと分かっているのに、なにを迷うのか。

そう思った瞬間、先程の前田の朗らかな声が耳朶を打った。

〝あそこは、ときどき夜も営業してるから……〟

同時に、女装の男の深い声が響く。

〝私たち、一緒にお話ししてただけよ〟

あの男は圭と、一体なにを話していたのだろう。

自分が話しかけても眼を合わせようとしない圭の様子が頭に浮かび、未央は小さく首を横に振った。

圭のことは自分が一番よく知っている。誰よりもすぐ傍《そば》でずっと見守ってきたのだ。

母親である自分に分からないことが、あんな男に分かるわけがない。

でも――。

この焦りのような気持ちはなんだろう。

どうして自分は、こんなに不安で心細いのだろう。

未央は口元を引き締めた。

それならいっそ、はっきりさせたほうがいい。

覚悟を決め、未央は駅とは反対の方向に歩き始めた。もやもやした思いをいつまでも引きずっているより、直接会って話をして、それから前田の言葉を信じるか、千寿子の懸念に同調するかを決めればいい。

未央は重い荷物を持ったまま、商店街をどんどん歩いていった。やがて商店街の外れにくると、区画整備から取り残されたような一角が現れる。

迷路のような細い路地に入り、未央は少しだけ心細くなった。しかし、ポリバケツや空調の室外機をやり過ごして進んでいくと、薄暗い街灯の下に目印の鉢植えが現れた。朝顔が終わったのか、そこには都忘れやコスモスといった秋の花が植えられていた。

夜風に揺れる花の姿は、見る人をほっとさせる。

だが――。

つきあたりの古民家の白い門がぴったりと閉ざされていることに気づき、未央は息をついた。

ハナミズキの木の周りにはなんの看板もなく、家の灯りもついていない。

覗き込んでみても、人の気配はしなかった。

男が留守なことを認めると、未央の心に、安堵と失望が入り混じったような思いが湧いた。

これでよかったんだ。

そう思いながら踵を返す。

元々、勢いに任せてきてしまっただけだ。それほどなにかを期待していたわけではない。

未央は深くうつむいたまま歩を進めた。

そのとき、反対側から人が歩いてくる気配がした。顔を上げると、中折れ帽《ぼう》をかぶり、出勤時の武のようなサマースーツを着た背の高い男性が歩いてくる。

こんなところに住んでいるサラリーマンもいるんだ……。

人がすれ違うのもやっとな細い路地で、未央は男のために身を引いた。

独り暮らしのサラリーマンなのかもしれない。男は、両手に未央と同じスーパーの袋をぶら下げていた。

「あら」

すれ違いざま降ってきた低い声に、未央はどきりとする。見上げれば、精悍《せいかん》な男性が自分を見下ろしていた。

武と同世代の、けれどずっとハンサムな男性だ。少しバタ臭いその顔は、男性ファッション誌から抜け出してきたようだった。

ふいに男の顔にゆったりとした笑みが広がる。

「どうしたの？　また、抗議にきたのかしら」

その声に、未央は言葉を失った。

あまりにサラリーマン然としたいでたちで、おまけに素顔だったから、最初は分からなかった。

だがこの人は、あのターバンの男だ。

おかま……ではなくて、ドラァグクイーンのシャールだ。

「いいわよ。抗議でも文句でも、なんでも聞いてあげるわ。いらっしゃい」

立ち尽くしている未央を促し、男が先をいく。

「どうしたの？　せっかくここまできたんでしょ。早くいらっしゃいよ」

それでも動けずにいると、シャールが振り返って声をあげた。未央は小さく唇を噛み、砂利道を踏んで後に続いた。

「今日はね、いろいろと用があったから、昼のお店も夜のお店も、お休みのつもりだったのよ」

未央を玄関に招き入れると、シャールは靴を脱いで廊下に上がっていった。

「ちょっと着替えてくるから、奥の部屋に入っててちょうだい」

無言でサンダルを脱いでいる未央に、「あ、そうだ」と、シャールは声をかけてきた。

「あなたも買い物してきたんでしょ。生ものとかは入ってない？　もしあるなら、うちの冷蔵庫に入れておいてあげるわよ」

シャールの細やかな気遣《きづか》いに、未央は密かに感嘆《かんたん》する。

「……大丈夫です」

「そう。それじゃ、つきあたりの部屋に入ってて。私もすぐにいくから」

そう言うと、シャールは上着を脱ぎながら、手前の部屋の扉をあけてその中へ消えていった。

未央はひとりで廊下を渡り、奥のつきあたりの部屋へと入ってみた。

中庭に面した部屋は、広々としたリビングだった。

照明はついていないが、大きな硝子《ガラス》戸から月明りが差し込んでいる。

月明りに照らされた仄暗《ほのぐら》い部屋を、未央は恐々と見回してみた。昼間見た、ど派手な洋服店とは随分雰囲気が違う。籐《とう》の椅子や、竹のテーブルといったアンティーク家具が雑然と置かれたそこは、さながらカフェのようだ。バーのようなカウンター席までが用意されている。

未央はスーパーの袋をカウンターの上に置き、窓辺のひとりがけソファに座ってみた。肌に吸いつく感触のソファに身を沈めると、自然と身体の力が抜けていく。

窓の外からは、耳に痛い程虫の声が響いてくる。ソファに身を預け、未央はいつしか眼を閉じた。

どれくらいそうしていたのだろう。ほんの数分だった気もするし、随分長い時間が経《た》ったような気もする。

未央が眼をあけると、小さな真鍮《しんちゅう》の蛙《かえる》が捧《ささ》げ持ったホルダーの上で、キャンドルの灯りがゆらゆらと揺れていた。

「いいお月さまが出てるし、今日は他に誰もいないから、この灯りだけで充分ね」

いつの間にか、薄紅色のサリーのようなナイトドレスに着替えたシャールが窓辺に立っている。振り向いたシャールは、ショッキングピンクのボブウイッグをかぶっていた。

「そういえば、この間十五夜だったのよね。暑い暑いと思ってたのに、もうすっかり秋ね」

薄化粧を施したシャールの顔に、穏やかな笑みが広がる。

つい、恍惚《こうこつ》としてしまっていた未央は、慌てて居住まいを正した。

「あの、私、今日は聞きたいことがあってここにきたんです」

「なにかしら」

しかし正面から問い返されると、未央は一瞬、言葉に詰まった。

「この間、圭と……私の息子と、一体、なにを話していたんですか」

なんとかして言葉を押し出した未央を、シャールは静かな眼差しで見返す。

「息子は、あなたにいつも、どんな話をしているんですか」

未央は縋《すが》るようにして、畳みかけた。

だが、シャールはすっと視線を伏せると、未央に背を向けた。

「それは、私に聞くより、圭君に聞いたほうがいいわ。私と圭君の話は、私と圭君だけのものだから」

「そんな」

未央の心に焦りが滲《にじ》む。

「私はあの子の母親です、私には、あの子のすべてを知る権利があります」

「そうかしら」

「そうですよ。だって、私は……」

「だったら尚更、直接聞いたほうがいいわ」

言い募ろうとした未央を、シャールはぴしりと遮った。穏やかだが、有無を言わせぬ口調だった。

ふいに未央の心の奥底から、強い不安が湧き起った。

「でも、もう息子は、私と話をしてくれないんです。話しかけようとしても、眼も合わせてくれないんです」

本音を漏らした瞬間、涙が溢《あふ》れそうになった。

自分の完璧主義のために、息子を追い詰めている。

夫からそんな言葉を投げつけられた悲しみが、胸の奥から突き上げる。

視界が滲みそうになって、未央は歯を食いしばりそれに耐えた。

違う。違う。そうじゃない。

多少のストレスを感じることはあっても、自分はいつだって、圭のことだけを考えて生きてきた。

それなのに。どうしてこんなふうになってしまったのだろう。

声をかけるたび、おどおどと怯えたように自分の視線を避けようとする圭の姿を思い出し、未央はぎゅっと目蓋《まぶた》を閉じた。

今なら分かる。なぜ、靖子が自分の日記を盗み読みしていたのかを。

きっと、靖子も不安だったのだ。怖かったのだ。

母の前で本心を隠すようになった娘のことを、靖子もまた、敏感に察知していたのだろう。

「私、がんばってきたんです」

子供のためによかれと思ったことを、全力でやってきた。

一〇〇パーセント、否、それ以上に、がんばってきたのに。

「でも、もう、これ以上、どうやってがんばったらいいのか分かりません……」

未央は深くうつむいて、肩を震わせた。

シャールは黙って未央の話を聞いていたが、やがて、おもむろに口を開いた。

「じゃあもう、がんばらなくていいんじゃないかしら」

「え……」

さりげなく告げられた言葉に、未央は思わず顔を上げる。

「目一杯がんばったなら、もうそれ以上、がんばる必要なんてないのよ」

シャールが優雅な笑みを浮かべて未央を見ていた。

二人が黙ると、外から虫の澄んだ鳴き声が響いてくる。表のハナミズキの根元にはシダやクワズイモが生い茂り、どこか遠い国にいるようだ。

少しだけ欠けた月の光が、窓辺に銀色の光を投げかけていた。

「綺麗な声ねぇ。私、いつも夜には音楽をかけるんだけど、この季節だけはなにもいらないわ」

シャールがうっとりと眼を閉じる。未央も黙って虫の音《ね》に耳を澄ませた。

リーリーと哀切《あいせつ》に鳴くコオロギの他に、チッチと拍子をとるカネタタキや、ヒョロロと歌いあげるクサヒバリの声が混じる。虫たちの合唱が、余計に秋の夜の静寂《せいじゃく》を引き立てた。

細い路地の奥のこの一角には、マンションでは絶えず響いてくる車の走行音も届かない。

ここが都会の片隅であることを忘れてしまいそうだった。

「ねえ、あなた、お腹減らない？」

静寂を破るように、シャールが唐突な声をあげた。

「あの、私……」

「私は減ったわ。あなた、こっちのカウンターで、ちょっとだけ待っててちょうだい」

戸惑う未央には構わず、シャールはカウンターの上のランプに灯りをつけて、その奥へと消えていった。

ひとり取り残された未央は、なんだか気が抜けたようになる。

カウンターの奥から、シャールの鼻歌と共に、なにかを揚げる音が響いてきた。

じゅわーっ　ぱちぱちぱち……

軽快な音と一緒に漂ってきた香ばしい匂いに、未央は鼻をひくつかせる。途端に、朝からほとんどまともなものを食べていなかった胃が、ぐうっと音をたてた。

ひとりで顔を赤らめながら、未央はソファからカウンター席へと移動した。スツールに腰を下ろし、ハッとする。

カウンターの上に、マンションにあるのと同じ、ドラセナの鉢が置いてあった。

幸福の木の緑の葉を、未央はじっと見つめる。

「お待たせ」

やがてシャールが二つの皿を持って現れた。

「即席トルコライスよ」

シャールがふさりと片目をつぶる。

カウンターの上に置かれた皿の上には、ピラフとナポリタンと揚げたてのトンカツが載っていた。

「と言ってもね、ピラフとナポリタンは、スーパーのお惣菜《そうざい》コーナーから買ってきたの。でもトンカツは揚げたてよ。これだけは作りたてのほうが美味しいからね」

炭水化物と炭水化物に、揚げ物。グルテンと糖《とう》と脂肪《しぼう》と動物性油脂と……。

頭の中で数え上げようとしたが、未央は途中でそれをやめた。

なぜなら、ここ数日、料理らしい料理を食べていなかった未央の眼に、それはとても美味しそうに映ったからだ。

「さ、トンカツが冷めないうちにいただきましょう」

フォークを差し出され、未央は小さく礼を言う。

トンカツを口に入れると、サクッとした衣の下から、豚肉の甘みがじんわりと口いっぱいに広がった。下味がよいのか、なにもつけなくても充分に美味しかった。

「美味しい……」

思わず呟けば、シャールが満足そうな笑みを浮かべる。

「じゃあ次はこれをかけてみて」

小さな白いピッチャーに入ったウスターソースを手渡された。ソースをかけたトンカツをひとくち齧り、未央は思わず眼を見張る。

ピリリとした香辛料が、トンカツの旨みを一層に引き立てた。

「このソース、すごく美味しい！」

「でしょう？」

「どこのお店で売ってるんですか」

興奮して問いかけた未央を、シャールは意味ありげに見つめる。

「これはどこにも売ってないの」

「え？」

「このソースは私の特製よ」

「ソースって、作れるんですか」

「あらやだ、なんだって作れるわよ」

玉葱、ニンジン、セロリ、大蒜《にんにく》をじっくり炒め、昆布にシナモン、ナツメグ、クミン、カルダモンといった香辛料やハーブを加えて、二カ月かけて熟成させる。

そうすると、この魔法のように美味しいソースが出来上がるのだそうだ。

「私たちはね、作ろうと思えば、なんだって作れるのよ」

魔女のような笑みを顔いっぱいに広げ、シャールはソースをたっぷりかけたトンカツを頰張った。

「本当。久しぶりに食べると美味しいわ。トンカツ……」

シャールが呟くように言う。

それから二人は、黙々とピラフとナポリタンを口に運んだ。出来合いのそれは、どちらも少しぼやけた味がしたが、特製ソースをかけると、すぐにピリッとした美味しさが加わった。

「あの」

半分食べ終えたところで、未央が口を開く。

「どうしてこんなに優しくしてくれるんですか」

それは単純な疑問だった。最初は抗議の一団に紛れてやってきたことは、この人だって、あの真っ赤なウイッグをかぶった若い男から聞かされているだろう。

初めて会ったときも、警戒心むき出しで、圭を連れ戻したのだ。

それなのに、どうしてそんな自分に優しくしてくれるのだろう。

「そうねぇ……」

シャールは少し考え込んでから、あっさりと告げた。

「寂《さび》しいからかもしれないわね」

その言葉に、未央は胸を衝かれる。

「生きてくのって、寂しいのよ」

なんでもないことのように言いながら、シャールはトンカツを口に運んだ。

「別に、私みたいな人間に限ったことじゃなくってね。だって、世の中は、儘ならないことだらけじゃない。どんなに思い合ってても、分からないことはたくさんあるし。親子だって、夫婦だって、恋人だってそうでしょう？」

未央はふいに、幼い頃の自分の姿を思い浮かべた。

お稽古袋を一杯に抱えた未央は、靖子の背中に向かって叫んでいた。

お母さん。私を見て。

一番の成績を取った私や、お稽古の発表で注目されている私じゃなくて、ただお母さんのことが大好きな、そのまんまの私を見てよ――。

そう泣き叫ぶ幼い自分が、いつしか圭の姿と重なった。

「っ……」

思わず喉が詰まった。

気づくと、ずっとこらえていた涙が一気に込み上げた。

堰《せき》を切ったように溢れ出した涙が、カウンターの上にぽたぽたと散っていく。

未央は初めて、自分が母にされていたのと同じことを、圭にしていたのだと気がついた。

話してくれないいんじゃない。

今まで自分の言うことを聞かせようとするばかりで、未央のほうが、圭の話を聞く耳を持っていなかったのだ。

たまらずに嗚咽し始めた未央に、シャールがティッシュを箱ごと差し出した。

「ごめんなさい、私……」

「謝ることなんてないわ。誰にだって泣きたい夜はあるものよ」

シャールがふと、カウンターの上のドラセナを指さす。

「ねえ、これ知ってる？　幸福の木っていうの」

「ええ、私もひとつ持ってます」

未央は涙をぬぐいながら頷いた。引っ越し祝いに友人からもらったのだと説明すると、シャールは微笑んだ。

「じゃあ、この木の、もうひとつの花言葉は知ってる？」

首を横に振った未央に、シャールはゆっくりと告げた。

「〝名もない寂寥《せきりょう》〟よ」

未央はハッとしてシャールを見る。

緑のリボンのような葉を手に取りながら、シャールはそっと目蓋を閉じた。

「切ないわね。幸福の裏には、いつも寂寥が潜んでいるの。でも、人生ってきっとそんなものなのよ。だから、私たちは一生懸命になれるのかもしれないし」

眼をあけて、シャールはにっこり笑う。

「皆、寂しくて、一生懸命。それで、いいじゃない」

それからシャールは残りのトンカツをひとくちで平らげた。

未央もナポリタンを口に運ぶ。ケチャップの味がどこか懐かしい。

「実は私はちょっとした病気を抱えてて、普段は、動物性の食品を控えてるんだけど、ときどき無性にこういうのが食べたくなっちゃうのよねぇ」

フォークをくわえたまま、シャールが天井を仰いだ。

「でもそういうときはね、無理せず食べちゃうの」

シャールはいたずらっぽく口角を引き上げる。

「私の賄《まかな》いは一応、マクロビオティックを基本にしてるけど、それだってもいい加減なものなのよ。ケーキを作るときはふっくらさせるために薄力粉を使うし、たまには乳製品だって食べるし、決して厳密ではないの。だからね……」

未央の肩に分厚い掌《てのひら》が載せられた。

「あなただって、そう思い詰める必要はないのよ。一旦力を抜かなきゃ、新しい力は湧かないものよ。たまにはサボりなさい」

「サボる……」

小声で繰り返した未央に、シャールは力強く告げる。

「そうよ。本当のサボタージュっていうのはね、怠《なま》け者の常套《じょうとう》手段ではなくて、もっと過激で前向きなものなの。ある意味、がんばっている人の特権なのよ」

その言葉に、未央は肩の力が抜けるのを感じた。

腕一杯に持っていたお稽古袋を、ようやく地面に置けた気がした。

「そんな日に、トルコライスってぴったりだと思わない？　だってトルコライスって、大人のお子様ランチだもの」

大人のお子様ランチ――。

その言葉に未央の頬も緩《ゆる》む。

「あの、私、主人用にワイン買ってきたんですけど、一緒に飲みませんか」

未央はカウンターの隅に置いておいたビニール袋から、ワインの小瓶《こびん》を取り出した。

「あら、いいわね。じゃあ一杯だけ」

シャールが持ってきたグラスに、未央はワインを注ぐ。

「たまにはこういう日があっていいのよ。だって、私たち、ちゃんとがんばってるんですもの。今夜は思い切り、自分を甘やかしましょう」

シャールがふさりと長い付け睫毛を伏せてウインクする。

「がんばってるあなたに」

ピンクのボブウイッグを揺らし、シャールがワイングラスを掲《かか》げた。

「一生懸命なあなたに」

未央もグラスを高く上げる。

蠟燭の炎《ほのお》が揺らめく部屋に、澄んだ虫の声が協奏曲のように響き渡る。

幸福で、寂しくて、一生懸命な私たちに乾杯。

シルバーウイークの最後の休日は雨だった。

その日は武が休日出勤で出かけ、未央は朝から圭と二人だけでいた。

圭は武の実家では楽しそうにしていたらしいが、家に帰ってくると、また元気がなくなった。子供部屋を覗くと、圭は床に寝転がってヒーローカーのタイヤを転がしていた。

「圭君」

未央はそっと名前を呼ぶ。

圭はぴくりと肩を揺らしたが、振り向こうとはしなかった。それでも未央は、辛抱強く声をかける。

「圭君、お昼はホットケーキにしようか」

「ホットケーキ？」

圭がようやく、意外そうに顔を上げた。

「うん。ママ、作るの初めてだから、圭君、一緒に作ってくれる？」

未央の言葉に、圭はぴょこんと立ち上がった。

リビングのテーブルの上にホットプレートを用意し、未央は前田が勤める北口のスーパーで買ってきたホットケーキミックスを牛乳で溶いた。

「ママ、卵も入れるんだよ」

嬉しそうに告げてくる圭に従い、卵を割り入れる。

熱したホットプレートの上に生地を広げれば、部屋中に甘い匂いが立ち昇った。圭は瞳を輝かせて、生地が焼けるのを待っている。

分厚い生地が焼き上がると、圭はそこにバターを塗りメープルシロップをたっぷりかけた。

「はい！」

そしてそれを未央の前に差し出す。未央はもう一枚焼き上がった生地に、同じようにバターを塗りシロップをたっぷりかけて圭の前に置いた。

「いただきます」

二人で声を合わせ、同時にそれを口に運んだ。

「美味しいねぇ。ママ」

圭の頬に、久しぶりにあどけない笑みが浮かぶ。

「うん、圭君のおかげで美味しくできた」

ビタミンDも、トリプトファンも、ビタミンB_6も、アラキドン酸も充分ではない。でもこのシンプルな昼食が、圭の心を満たしているのだと未央は感じた。

「あのねぇ、ママ……」

二枚目のホットケーキを食べ終えたとき、圭がためらいがちに口を開いた。

「僕ね、ママのお手紙、忘れたんじゃないよ」

未央はどきりと胸を波立たせた。

圭が話し始めていた。

訥々《とつとつ》と話す言葉を拾い、先を急がせずに辛抱強く聞いていくうちに、未央は思ってもみなかった事実を知った。

「それじゃ、圭君は、お友達に頼まれて歌ったの？」

また叱られると思ったのか、圭が小さく眼を瞬かせる。

どうやら、小テストや退屈な授業に飽きたクラスメイトが、圭をけしかけて歌わせたり騒がせたりしていたらしい。

そしてそれに応えるとクラスメイトたちが喜ぶので、圭もまた益々調子に乗って騒いでいたようなのだ。

「だって、皆、喜ぶんだよ？」

　圭が小さな声で呟く。

「でも圭君、それは駄目だよ」

　圭の無邪気を利用して授業を妨害していた主犯格のクラスメイトへの怒りをこらえ、未央は辛抱強く言い聞かせた。

「だって、喜ぶお友達もいるかもしれないけど、他にも一生懸命勉強してるお友達だっているでしょう？　その子たちが、今度のテストがんばろうって思ってるかもしれないのに、それを邪魔したら駄目でしょう？　せっかくテストを作ってきた先生だって、がっかりするよ」

　未央の言葉に、圭がハッとした顔になる。初めてそうしたことに気づいたようだった。

　未央は密かに胸を熱くする。

　この子は決して、なにかが欠けているわけではない。

　ちゃんと話し合えば、圭はなんでも分かってくれる。

　間違っていたのは、ただひたすらに言うことを聞かせようとしていた自分自身だ。

「もし、また歌えって言われたら、今度は断れる？」

「うん」

　圭は強く頷いた。

「それでお友達が圭に嫌なことをしたら、ちゃんとママに教えてくれる？」

　少し考えてから、圭はもう一度深く頷く。

　そして、不思議そうな顔をした。

「嫌なことがあったらお話ししてって、シャールおじさんも、いつもそう言うんだよ」

「そうだったの」

ふっと未央の心に温かいものが湧く。

トルコライスを肴《さかな》に、女装した大きな男性とワインを酌《く》み交わした秋の夜長を思い出した。不思議の国の女王さまのようなあの人が、こうして圭と話す機会を与えてくれたのだと思った。

それに——。もう、怖くない。

空のお皿を前に、未央は改めて思う。

皆、寂しくて、一生懸命。

だから、誰かになにかを言われても、怖がったり言いなりになったりする必要はないのだ。

女手ひとつで自分を育てなければならなかった母も、自分たちよりひと回り以上の年齢で第一子をもうけた千寿子も、きっと必死なのだろう。

彼女たちは自分と同じ。ただの一生懸命な母親だ。

「あのね、ママ」

ふいに圭が未央の手を引く。

そのまま子供部屋まで引っ張っていかれ、未央は圭から三台のまったく同じヒーローカーを見せられた。

その一台ずつを手に取りながら、圭は説明を始める。

「これはシャーっていうの。これはズズーッ。それからこれはガーッ」

ひとつひとつのタイヤを床に転がし、圭は音の違いを声に出してみせた。

「だからね、これは同じじゃないよ。全部、違うの」

そうだったのか。

未央は圭を見つめる。

「教えてくれてありがとう」

その眼に熱く涙が滲んだ。

初めて圭の世界に触れられた気がした。

手放そう——。

未央は思った。いつの間にか放すのが怖くなっていたお稽古袋を、ひとつひとつ手放そう。

楽になるためでも、あきらめるためでもない。

眼の前にある、大切なものをつかむために。

未央は自由になった両腕を広げ、そこに飛び込んできた温かな体をしっかりと抱きしめた。

第四話

冬至の七種《ななくさ》うどん

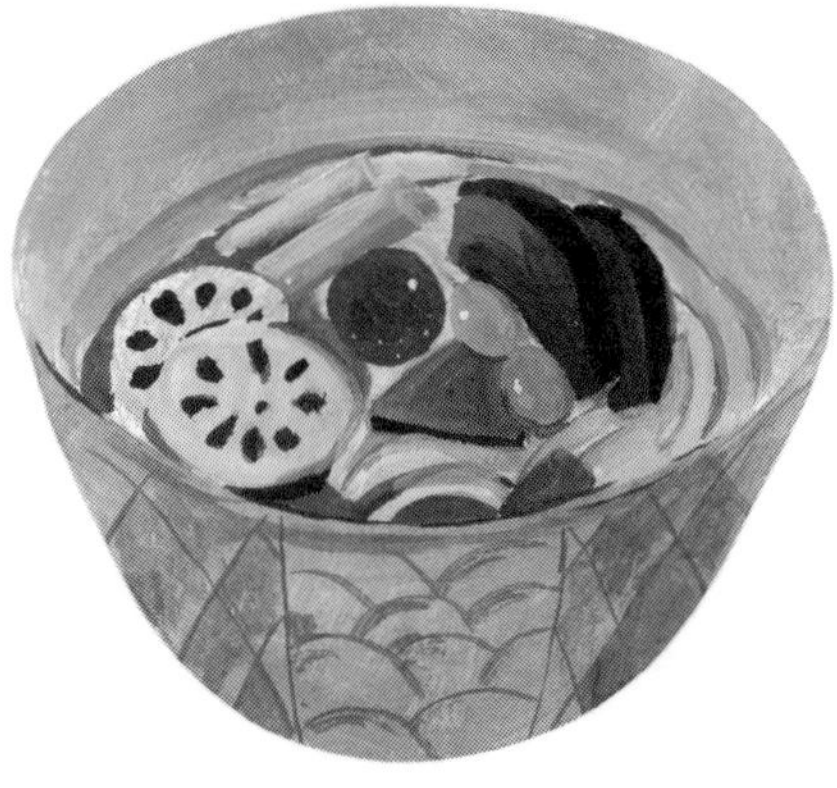

冬の一家団欒《だんらん》といえば鍋《なべ》。

普段忙しい家族が一堂に会し、ひとつ鍋を囲んで、楽しく語り合う。

世間ではそうしたイメージばかりが盛んに流布されているが、果たして実態はいかがなものだろうか。

「無理、無理。だから、そんなの無理に決まってんだろうが」

湯気《ゆげ》で曇った眼鏡《めがね》のレンズをふきながら、柳田敏《やなぎだ さとし》はここ数日何度も繰り返している〝駄目出し〟を力一杯吐き捨てた。

ぐつぐつと煮えたつ鍋の向こうからは、高二の娘、真紀《まき》が不満そうに頬《ほお》を膨《ふく》らませて、こちらを睨《にら》みつけている。

妻の孝子《たかこ》は先程からアクを掬《すく》い続けているだけで、誰も鍋の中身に手をつけようとしない。

「今更そんなこと言い出して、三年の一年間で、どうやって二年分の単位をとるつもりだよ。第一、お前の頭はどう考えても文系だろうが」

柳田は取り皿を手にすると、完全に煮詰まっている鍋に直箸《じかばし》を入れた。

「ちょっと、お父さん。ちゃんと取り箸使ってよ」

すかさず、真紀がこれ以上ない程眉を吊り上げる。

なんだ、まるで父親を汚いものみたいに——。

柳田はフンと鼻を鳴らして、白菜を口に入れた。

「あちっ」

あまりの熱さに舌を焼かれる。電気鍋でくたくたになるまで煮込まれた白菜が、ヒステリーじみた熱さになることをうっかり忘れていた。

そのままべえっと皿に戻せば、今度は悲鳴のような声があがった。

「お母さーん、もう、やだー。お父さんが汚いー」

真紀が全身で孝子に訴えている。

おおげさな。鍋に戻したわけではないだろうが。

柳田は火傷《やけど》した舌先を口中で庇《かば》いながら、卓上のポン酢を手に取った。

まったく。なにが一家団欒には鍋だ。

心の中で八つ当たりのように毒づく。鍋なんぞ、ただの手抜き料理じゃないか。野菜と肉や魚を切って、適当に煮込んで、ポン酢をかけて、はいどうぞ。それでいて一応栄養は摂れるし、見栄えもそれなりにするしで、作り手からすれば、楽なことこの上ない。

実際、十一月に入って本格的に寒くなってきてから、柳田家の食卓には三日と置かずに鍋が出る。もっともそんなことをちらりとでも口にしたら、孝子と真紀からどんな反撃に出られるか分からない。

一年に二、三度、凄まじい罵《のの》り合いをすることもあるが——そしてそういうときだけ、自分を味方に引き入れようと双方必死になる——、その二、三度を除けば母親と娘というのは大抵結託《けったく》している。

息子がいれば少しは違ったのかもしれないが、娘とその母親を前にした男親は、存外に空しいものだ。

触らぬ妻娘《かみ》に祟《たた》りなし。

普段、柳田は、できるだけその訓戒を実践するようにしているものの、今回ばかりはそういうわけにはいかなかった。

ひとり娘の真紀が、高校二年の今の時期になって、突如、〝理転〟したいと言い出したのだ。

理転。それは文系から理系への転身だ。

通常高等学校では、高校一年生の秋に、大学受験に備え、理系か文系の選択をする。そして、二年生から選択制の科目を履修《りしゅう》し、専門性を高めていく。

進学を予定していない生徒たちも、ここで初めて自分の得意分野を意識していくことになる。

柳田は、地元の公立中学校で、二十八年間 教鞭《きょうべん》をとり続けている教員だ。担当の理科の他、学年主任を何度も務め、昨年の教頭試験に合格してからは、ゆくゆくは副校長にならないかという打診を受けている。

高校と中学の違いこそあれ、ベテランの教育者であることに違いはない。

その柳田からすれば、この時期の〝理転〟は無謀《むぼう》としか言いようがなかった。

理系から文系への〝文転〟ならまだしも、より向き不向きや専門性が問われる理系への転身には大きなリスクが伴う。

第一、真紀は妻の孝子に似たのか、根っからの理系である柳田の娘とは思えないほどの理系音痴《おんち》だった。

「大体お前に、今から物理基礎の履修が務まると本気で思ってるのか」

「だからお父さんに、助けてもらおうと思ってるんじゃない」

「断る！」

柳田は一蹴《いっしゅう》した。

娘にその才があるなら、初めから伸ばしている。物理や数学の押しつけは、向いていない子供にとっては拷問《ごうもん》だ。それを知っているから、今まで真紀が算数や理科で酷《ひど》い成績を取ってきても、柳田は腹を立てたりしなかった。

それよりも、真紀は語学や国語に秀でている。小学生の頃から自ら進んで英会話学校に通っていたし、夏休みの読書感想文コンクールでは入賞常連者でもあった。それこそ柳田には、逆立ちしても真似のできない才能だ。

元々は、真紀本人も国立大学の英文科を目指すつもりでいたのだ。

そうであれば、柳田だって全力で応援する所存だった。

「じゃあ、予備校に通わせてよ」

真紀が必死に食い下がる。

「駄目だ」

「なんでよ。前はいいって言ってたじゃない」

「英文ならいい。でも理系は駄目だ」

柳田はけんもほろろにはねつけた。

「なんでよ」

「なんででもだ」

柳田と真紀の押し問答を、孝子は黙って聞いている。

「もう、いいよ！」

ついに真紀が大声をあげて立ち上がった。夕飯にもほとんど手をつけず、ばたばたと足音をたてて廊下に出ていく。しばらくすると、自分の部屋のドアを力一杯閉める音が響いてきた。

まったく……。

柳田は息を吐く。

ここのところ、毎晩のようにこうした疲れるやり取りが続いている。

真紀がいなくなると、急にリビングがしんとした。ぐつぐつと鍋の煮える音だけが耳を打つ。

「もう少し、まともに相談に乗ってやったって、いいんじゃないの」

やがて、アク取りをしていた孝子が静かに口を開いた。

「冗談じゃない」

柳田は呟いて、煮え切っている豚肉と白滝《しらたき》を取り皿に盛る。今度は注意深く冷ましてから、先程戻した白菜と一緒に口に入れた。

第一、動機がアホらしすぎる。

真紀が突然、理転を思い立った理由。それは、イルカだった。

秋のシルバーウイークに孝子と一緒にいってきたハワイでイルカの保護センターを見学し、以来、真紀はすっかりイルカに魅《み》せられてしまっていた。

なんでも孝子によれば、その保護センターで懇切丁寧《こんせつていねい》にイルカの生態を説明してくれた日系の研究員というのが、これまた真紀の大好きな某アイドルに瓜《うり》二つだったのだそうだ。

真紀は二重に感銘《かんめい》を受けたらしい。

そんな軽薄な理由で、真紀は突如、自分もイルカの研究者になりたいと口にし始めた。

そのときはまだ柳田もたいして本気にしていなかったのだが、真紀が志望校を国立の英文科から私立の海洋学部生物科に変更すると言い出してから、状況は変わった。

〝私が受けたい海洋学部の生物科は、受験科目が数学と物理なの〟

真剣な表情でそう切り出されたとき、柳田はあいた口がふさがらなかった。

担任にまで同じことを告げたというのだから呆れ果てる。担任は今からの理転のリスクの大きさに恐れをなし、その日のうちに孝子に連絡を寄こした。

担任の見立ては、柳田とまったく同じ。

三年生からの理転は単位を取るのも難しく、また、真紀の一年時の成績では、より専門性を増す授業についてこられるかも定かではない。なにより、優秀な成績を収めていた現国や古文を捨てるのはあまりに勿体ない。

だが本人の意向を無下に否定するわけにもいかないので、とにかく家庭内でよく話し合ってほしいということらしかった。

煮えすぎて固くなった豚肉を咀嚼《そしゃく》しながら、柳田は鼻を鳴らす。

軟弱教師め。こっちに匙《さじ》を丸投げしてきやがって……。

担任なら担任らしく、教え子にガツンと言って聞かせてやればよいではないか。

もっとも、自分がその教師の立場だったら、寸分たがわず同じことをしたと思うので、そうそう学校側を責めるわけにもいかない。

「大体、お前がハワイなんぞに……」

「はい？」

孝子の声が一段低くなる。

「……いえ、なんでもありません」

柳田はもそもそと豚肉を呑み込んだ。

孝子と真紀がしょっちゅう自分を置いて海外旅行に出かけるのは、なにかと忙しい柳田自身が家族サービスらしいことをほとんどしていないことにも一因がある。

だが、今回ばかりは甘い顔はできない。

イルカに感動して海洋学部に入ったところで、その後一体なにをするつもりか。

どうひいき目に考えても、真紀は研究者というタイプではない。

高校時代の夢なんて、後から思い返せば、大抵が闇に葬《ほうむ》り去りたくなる〝黒歴史〟だ。一時《いっとき》の気の迷いのために、無謀な進路変更を許すわけにはいかない。

腰の引けた担任がガツンと言えない以上、大事なひとり娘のために、父親である自分がしっかりするしかないだろう。

柳田は白滝を頬張りながら、慣れぬ決意を新たにした。


この季節はひと雨ごとに寒さが増す。

日暮れもどんどん早くなり、これから先の厳しい寒さが思いやられ、柳田は小さく背筋《せすじ》を震わせた。東京の寒さなど、雪国に比べればどうということもないものかもしれないが、歳《とし》のせいか年々冬が長く感じられるようになってきた。

それにしても、ここ何年か、よい気候というものに、とんとお眼にかからない。

春は花粉が街に溢《あふ》れ、夏はうだるほど暑く、秋は台風が数珠《じゅず》つなぎで日本列島を横断し、それが終わればもう冬だ。

冷たい雨が降りしきる暗い夜空を眺めながら、柳田は商店街に足を踏み入れた。

学区域の連絡会で、すっかり遅くなってしまった。やれ講習会だ、やれ連絡会だ、やれ保護者会だと、師走《しわす》に限らず、今の教師は本当に忙しい。大体、教師ですら忙しいなどとのたまう師走という言葉自体、全国の教員に対して失礼だ。もっとも師走の師は教師ではなく、坊さんだという説が有力だが、これに関しては坊さんには坊さんの言い分があるだろう。

余談はさておき、子供の数が減ると同時に、学校側も生徒の確保が難しい時代になってきた。最近都心では、高校受験よりも中学受験で中高一貫の私立を狙うという傾向が顕著《けんちょ》になってきている。こうした趨勢《すうせい》に対抗するため、公立では小中一貫を進める流れが出てきた。

公立中学への進学が当たり前だった柳田の時代では、考えられない状況だ。

この先、生徒数を確保していくために、公立もうかうかしていられないということだ。

柳田は分厚い眼鏡をずらし、眼元をぎゅっと揉《も》み込む。

さて、今日はどうしよう。

昨日はステーキハウスで、サービスステーキをしこたま食べた。ラーメン、チャーハン、餃《ぎょう》子《ざ》の主食三点盛りにもひかれるが、いささか胃が重たい気がする。

ラーメンチェーン店の看板を横目に、柳田は歩を進めた。

この冷たい雨は、京都《きょうと》でも降っているのだろうか。

昨日から、真紀は三泊四日で修学旅行に出かけている。大学受験に備え、近頃では高校二年生のこの時期に修学旅行を済ませてしまう学校が多い。海外旅行が当たり前の私立はともかく、公立でも九州《きゅうしゅう》や北海道《ほっかいどう》にいく学校が多くなっている中、真紀が通う都立高校は、昔ながらに京都、奈良《なら》を周遊しているらしい。

娘が不在となると、孝子はもはや手抜き鍋すら作らず、意気揚々《ようよう》とパート仲間との女子会、もとい〝オバ会〟に出かけてしまう。

よって、今晩も柳田は独りぼっちだ。

まったく、こっちは残業で夜遅くまで働いているというのに――。

ぼやきつつ、内心柳田は、ここ数日真紀とやり合わなくて済むことにほっとしていた。

クラスメイトたちと過ごす修学旅行が気分転換になり、つまらない思い込みを手放してくれるとよいのだが。

考えながら歩き続けているうちに、商店街の外れまできてしまった。

こんな日は、やはりあそこか。

柳田は迷路のような細い路地に分け入った。蝙蝠傘《こうもりがさ》をアパートの軒先にぶつけながら、人ひとりやっと通れる狭い道を歩く。

やがて、赤い実をつけた南天の鉢が並ぶ古い木造アパートの前を通り抜けると、その店が忽然《こつぜん》と現れた。

ハナミズキの木が枝を広げる小さな中庭を持つ、古民家のような一軒家。

降りしきる粉糠雨《こぬかあめ》の先に、仄《ほの》かなカンテラの灯りが、難破しかけた船を導く灯台の灯《ひ》のようにともっている。

マカン・マラン――。インドネシア語で「夜食」という意味を持つ、深夜限定の夜食カフェ。

柳田の中学時代の同級生が、本職のファッション店で販売するドレスや小物を作るお針子《はりこ》たちへの賄《まかな》いを、気まぐれで振る舞う不思議な店だ。

元々不定休な上に、このところ閉まっていることが多かったので、カンテラの灯りがともっているのを見て柳田は安堵《あんど》した。

しかし呼《よ》び鈴《りん》を押した途端、「うるさいわね、勝手に入んなさいよ！」と、完全に喧嘩腰《けんかごし》のだみ声がインターフォン越しに轟《とどろ》いた。

柳田は首をひねりながら、重たい木の扉をあけて廊下に上がる。黒光りする廊下を歩くうちに、柳田はいくつかの異変に気づいた。

焦《こ》げ臭い。

それに、いつも店内に流れている、静かなクラシック音楽が聞こえない。

「おい、御厨《みくりや》」

旧友の名を呼びながら、柳田は廊下の途中の厨房に通じる暖簾《のれん》をめくる。

「わ！」

その途端、いきなり顔面に布巾を投げつけられた。

「なにすんだ」

驚いて見返せば、真っ赤なロングヘアーをバンダナでまとめた若い男が、オーブンの前で仁王立ちしている。

ジャダと呼ばれている〝おかま2号〟だ。

「客のくせに、勝手に厨房に入ってくんじゃないわよ」

「なんでお前が料理してるんだ。御厨はどうした」

「あたしだって、オネエさんの代わりに料理くらいできるのよ」

「随分、焦げ臭いな」

「うるさい、オッサンねー」

柳田が覗《のぞ》き込もうとすると、ジャダは慌ててオーブンを隠した。

「あ、お前、失敗したな！」

そのジャダを押しやり、柳田はオーブンの中で炭のようになっている物体を見つけた。最早なんの料理を作ろうとしていたのかも分からない程に焦げている。

「ちょっと、温度設定を間違えちゃっただけよ」

「これのどこがちょっとだ。真っ黒じゃないか。まさかお前、こんなものを店で出そうとしてるんじゃあるまいな」

「焦げを落とせば、大丈夫よ」

大丈夫なものか。こんなものを食べさせられたら、間違いなく腹をこわす。

しかし、一体どう温度設定を間違えれば、ここまで黒焦げになるのだろう。

この店のオーナーである旧友が入院中、〝おかま2号〟が正月恒例《こうれい》の手の込んだスープを完成させたので、それなりに料理ができるものだと思っていたが、あれはあくまでもまぐれ、もしくは火事場のバカ力といったものだったらしい。

「お前、御厨と違って、料理のセンス、ゼロだろ」

柳田の真っ当な指摘に、しかし、ジャダは眼をむいた。

「なに言ってんのよ！　あたしはオネエさんの妹分なのよ。料理なんて、お茶の子さいさいよ！」

嗚呼《ああ》――。ここにもひとり、己の向き不向きを認められない愚《おろ》か者がいる。

柳田が嘆息《たんそく》していると、玄関の扉があく音がした。

「ただいまぁ」

低い声が響く。次にみしみしと廊下を踏みながら、人が近づいてくる気配がした。

「随分、寒くなったわねぇ」

やがて、暖簾の向こうから大柄な人物が現れた。

「み、御厨……？」

レインコートについた雨を払うその姿に、柳田は分厚いレンズの奥の眼を見張る。

中折れ帽をかぶった背の高い男は、レインコートの下に灰色のスーツを着ていた。

「あら、柳田。どうしてあなたが厨房にいるのかしら」

尋ねられ、ついぼんやりしていた柳田は我に返る。

別におかしなことなんてない。

というか、むしろこれが当たり前だ。

だが、旧友、御厨清澄《きよずみ》のこんなにビジネスマン然とした姿を見るのは、本当に久しぶりだった。

言葉に詰まっている柳田に、男は嫣然《えんぜん》とした笑みを浮かべた。

「嫌ね。そんなにじろじろ見ないでよ。今はちょっと仮の姿なんだから。すぐに着替えていつもの私に戻るから、そんな残念そうな顔しないで」

な――！

「誰がいつ残念そうな顔なんてした。別に着替えんでいい。というか、むしろ着替えるな！」

「あら、照れなくていいのよ」

柳田がむきになればなるほど、男は楽しげにしなを作る。

口から深い溜め息が漏れた。

所詮、この人を食ったような旧友には、なにを言ったところで基本的に無駄なのだ。

「あらあら、なんだか大変なことになってるじゃない」

オーブンの惨状《さんじょう》に気づき、男が形の良い眼を丸くする。

「オネエさん、どうしよう〜。モチアワソースのグラタン作ろうとしてたんだけど、黒焦げになっちゃったぁ」

男の前ではジャダも素直に失敗を認めた。

「仕方ないわね。これはもう、無理だから、片付けちゃいましょう。まだモチアワソースが残ってるなら、それを昆布《こんぶ》のストックでのばして、お野菜と一緒に煮込んで具だくさんの和風スープにしましょうよ。あなた、スープ料理は得意じゃない」

男に肩を叩かれると、ジャダはぱあっと顔を輝かせた。

成程ね——。

柳田は男の端整な横顔を盗み見る。失敗を責めずに、長所を誉《ほ》めて人を動かす。

この男は、相変わらずの人たらしだ。

昔、自分もこんなふうにこいつの言葉に乗せられて、生徒会をがんばり通した過去がある。

「じゃ、私はちょっと着替えてくるわね」

優雅な笑みを残し、男は暖簾を払って廊下に出ていった。

瞬間、ふと消毒液のような匂いが漂った気がして、柳田はハッとする。

病院の匂いだ。

柳田が大きな背中を見送っていると、傍《かたわ》らで盛大な溜め息が響いた。

「惜しいわよね……」

ジャダが感慨深げに首を振っている。

「あのがたい、あの度量、あの美貌《びぼう》。あんたみたいなメタボクソオヤジと同い年とは思えない、あの若さ。同じオネエじゃなかったら、間違いなく惚《ほ》れてるわ」

「やめんかっ」

柳田は即行《そっそう》で打ち消した。

想像しただけで気持ちが悪い。

おまけに、さりげなく人をけなしやがって。誰がメタボクソオヤジだ。

もっとも、柳田自身、いつまでも変わらない旧友の体型や容貌には感嘆《かんたん》している。だが、若々しく余裕《よゆう》たっぷりの友人は、その実、完治が難しい病を抱えてもいる。

若い頃から鍛えている身体は、それ程やつれることはなかった。けれどいつもかぶっている帽子やウイッグの下には、無毛に近い頭がある。抗癌剤治療《こうがんざいちりょう》によるものだ。今年初めに受けた手術は成功したが、術後五年間は予断を許さないのが、進行性の病の恐ろしさだ。

先程ふっと漂った消毒液の匂いが甦り、柳田は微かに不安になった。

「でもね、最近オネエさん、ちょっと怪しいのよ」

柳田の顔色にはまったく気づかず、ジャダが思わせぶりに囁《ささや》いてくる。

「怪しい?」

「そうよ。だってあの姿、どう思う?」

「どうって……。まともだろう」

一応個人事業主なのだから、銀行や公的機関とも会うことはあるだろう。そのときに、いつもの格好では話にならない。

「その辺のTPOは、あいつだってわきまえているだろう」

「そんなの、あたしだって、外に出るときは仮の姿くらいにはなるわよ。それにしても、最近、昼出かけるときはいつも高級スーツなのよ。今まではデニムやシャツだったのに。あまりにもビジネスマンすぎるわ」

「男なら当たり前だ。俺だって一応スーツだろう」

柳田が己の格好を指し示すと、ジャダは腕を組んでフンと鼻を鳴らした。

「あたしは高級スーツって言ったのよ。あんたのぼろっちい上っ張りと一緒にしないでよ」

「なんだと！」

憤慨《ふんがい》する柳田を歯牙《しが》にもかけず、ジャダは好奇心で眼を輝かす。

「もしかしてオネエさん、証券会社時代の知り合いと逢引《あいび》きしてたりして」

「はぁっ？」

あまりのことに大声をあげれば、ジャダが「しーっ」と口の前に人差し指を立てた。

「いきなり大声出すんじゃないわよ。本当にうるさいオッサンねぇ」

「お前が妙なことを言い出すからだろうが」

「ちっとも妙なことなんかじゃないわよ。あたしたち、これでも〝独身〟なのよ」

それはそうかもしれないが――。

正直、それ以上のことは、あんまり考えたくない。

「あたしたちの業界では、オネエさんみたいなタイプってモテるのよ。オネエを隠してデートしてるんだとしたら、罪だわ、罪！」

罪、罪と騒いでいるジャダに、柳田はオーブンを指さす。

「お前の料理は罪じゃなくて炭だがな」

途端に、ジャダがくわっと眼をむいた。

「うるせえんだよ、オッサン！　なに、つまんねえオヤジギャグこいて、うまいこと言ったみたいなドヤ顔してんだよ。まじぶっ殺すぞ、オヤジ」

元ヤンキーの〝おかま2号〟は、ひと皮むけば、あっという間に柄の悪さが露呈《ろてい》する。

「大体、食うことしか能のないオッサンが、でかい面して厨房に入ってくんじゃねえよ」

そもそも厨房から妙な匂いさえしなければ、入ることもなかったのだが。

「ほらほら、邪魔、邪魔！　さっさと店のほうにいっとけよ」

布巾を振り回すジャダから、柳田は廊下に蹴り出された。

まったく……。実に失敬《しっけい》な元ヤン、現おかまだ。

柳田が嘆息しつつ廊下のつきあたりの部屋に入ると、間接照明に照らされた海の底のような空間に、常連の姿がちらほらと見えた。

中庭に面した窓辺のひとりがけソファでは、若いＯＬが豪華な装丁《そうてい》のファンタジー小説を夢中になって読んでいる。籐《とう》の椅子に座ってひたすらぼんやりしているのは、最近デビューが決まったばかりの漫画家の青年だ。頭の中で、次の漫画の構想でも練っているようだった。

この店が営業している限り、必ず夜食を食べにくる白髪の老婦人は、また奥の隠し部屋でお針子たちと一緒に刺繍《ししゅう》やレース編みにいそしんでいるのかもしれない。

柳田が定位置のカウンターに陣取ると、部屋の中に静かなピアノの音色が流れ始めた。

アヴェ・マリア。

それくらいは知っている。作曲家は、バッハだったか、シューベルトだったか、モーツァルトだったか。キリスト教圏のクラシックの作曲家は、こぞって「アヴェ・マリア」を作曲していた気がする。

今流れているのが果たして誰の「アヴェ・マリア」なのかは見当がつかなかったが、クリスチャンでない柳田が聴いても、耳に心地よく、敬虔《けいけん》な気分になる美しい旋律《せんりつ》だった。

カウンターの上に用意されているポットからお茶を汲《く》み、柳田はいつものようにカウンターに新聞を広げた。

悲惨な事件、つらい事故、個人の力だけではどうにもならない社会情勢――。

暗いニュースばかりが羅列《られつ》される紙面に眼を落としながら、柳田は小さく息を吐く。自分たちが生きている世界は、かくも恐怖と不幸と理不尽に満ちている。

こんな世の中で、卑近《ひきん》なことに眼を奪われながら平然と生きている我々は、余程の無神経なのかも分からない。

シナモンの香るジンジャーティーを飲みながら、柳田は無心に小さな文字を追った。

どのくらいそうしていたのだろう。

ここにくると、いつも時間の流れを忘れてしまう。

ふいに、たまらなく食欲をそそる香ばしい匂いに鼻孔《びこう》を擽《くすぐ》られ、柳田は顔を上げた。

「お待ちどうさま。お夜食ができましたよ」

カウンターの奥から、緩《ゆる》やかなナイトドレスを纏《まと》った大柄な男が大皿を持って現れた。

首元に銀色のショールを巻き、頭にはショッキングピンクのボブウイッグをかぶっている。

それが、今は〝シャール〟と名乗っている旧友の、この店でのいつものいでたちだ。

そう。ジャダがおかま2号なら、旧友、御厨清澄こそが、おかま1号なのだった。

もっともシャールは自分をおかまではなく、「品格のあるドラァグクイーン」だと言っている。

その違いがどこにあるのか、柳田にはさっぱり分からない。

しかし、先程、スーツ姿につい驚いてしまった自身に、柳田は内心呆れ果てていた。

恐ろしいことに、いつしか柳田までもが、旧友の女装癖《じょそうへき》にすっかり馴染んでいるらしい。

慣れの怖さに嘆息していると、シャールが料理を盛った大皿をカウンターの上に置いた。

「今日はちょっと出かけてたから、簡単なものにさせてもらったわ。ハト麦粉とモチキビで作ったチヂミよ。タレは黒酢と、葛醬油《くずしょうゆ》ソースをお好みでね」

パリッと焼けた黄金色のチヂミには、ニラやニンジンや長葱《ながねぎ》やキクラゲが、緑、赤、白、黒と鮮やかな色を添えている。自家製辣油《ラーユ》を垂らした、二種類のタレも美味《うま》そうだ。

そこに、ジャダが得意げに運んできた、モチアワソースをベースにした冬野菜の和風スープが加わった。

早速、OLや青年、奥の隠し部屋から出てきた老婦人や、頭に色とりどりのウイッグをかぶったお針子たちが、カウンターに集まってきた。

全員、勝手知ったる様子で、めいめい好きなだけ料理を取り分けて、自分の席へと戻っていく。

柳田も、まだちりちりと音をたてている焼きたてのチヂミを、自分の皿に取り分けた。とろりとした葛醬油を絡め、ひとくち頰張る。

途端に、昆布と椎茸《しいたけ》の出汁《だし》でしっかりと味付けされたチヂミの旨みが口いっぱいに広がり、柳田は唸《うな》った。黄金色の生地は、外はパリパリ、内はもっちり。ニラと長葱のシャキシャキとした食感、キクラゲのコリコリとした歯ごたえも絶妙だ。

「わあ、このスープ、甘い！」

「でしょでしょ、マナチー」

窓辺のOLの感嘆に、スープをボウルに盛っていたジャダが相好を崩《くず》す。

「玉葱《たまねぎ》、じゃが芋《いも》、ニンジン、南瓜《かぼちゃ》……。冬になると甘みが増す野菜をたっぷり使った、スイートベジの和風スープなの。ベースになってるモチアワは免疫《めんえき》力を高めてくれて、リンパの流れにもいいのよ」

「さすがジャダさん。やっぱり器用ですね」

「当たり前よ。あたしはオネエさんの一番弟子なんだから」

消し炭のような料理を作っていた人間がよく言う。

鼻高々になっているジャダに、柳田はけっと鼻白んだ。

「お前も大変な一番弟子を持ったもんだな」

「あら、そうでもないわよ」

皮肉な口調で語りかければ、小さな真鍮《しんちゅう》の蛙《かえる》が捧《ささ》げ持つキャンドルに火をつけているシャールが妖艶《ようえん》な流し目をくれた。やめろ。

「だが、御厨……」

真顔になって問いかけると、「ちちち」と、鼻先で人差し指を振られる。

「夢のない呼び方はやめてちょうだいって、何回言ったら分かってもらえるのかしら。私はここではシャールなの」

「だから、呼べるかっ」

大声で叫んでしまってから、柳田は慌てて周囲を見回した。

OLと青年はもう自分の世界に戻っているし、幸い、うるさい〝おかま2号〟も老婦人や他のお針子たちと一緒に奥の隠し部屋に入っていったようだ。

「お前、体のほうは大丈夫なのか」

柳田は声を落として囁いた。シャールの顔に、ハッとした色が浮かぶ。

「昼間、病院にいってたんじゃないのか。さっき、帰ってきたとき、コートから消毒液の匂いがしたぞ」

そう指摘すると、シャールは感慨深げに首を横に振った。

「さすがに、あなたの眼はごまかせないわね。親友って怖いわ」

いや、いかつい中年男がドレスを着てしなを作っているほうが断然怖い。

「親友じゃない、ただの知り合いだ」

吐き捨てるように訂正しつつ、病院にいっていたことを否定されなかったことに不安が募《つの》る。

「お前、まさか術後の調子が悪いとか、そういうんじゃないだろうな」

恐々《こわごわ》尋ねれば、シャールは微かに眉を寄せて微笑《ほほえ》んだ。

「私は大丈夫よ。ただ……」

少し言いよどんでから、シャールは身を屈めて耳打ちした。

「父が入院してるの」

「親父さんが？」

「ええ」

シャールは溜め息をつくように頷《うなず》く。

確か、この旧友は早くに母を亡くし、父からは、今の姿になってからは勘当されているはずだった。

「心配かけたくないから、皆には内緒にしてるんだけど、父は昔から腎臓《じんぞう》が悪くてね。加齢もあって、実は今、かなり危ないのよ」

ポットのお茶をカップに注ぎ、シャールは小声でぽつぽつと話し始めた。

大手証券会社を依頼退職し、ドラァグクイーン向けのファッション店のオーナーになって以来、シャールはもう何年も、小田原《おだわら》の実家には足を向けていない。だが、唯一連絡を取り合っていた従姉《いとこ》から、今回の父の入院を知らされた。

「昔の父だったら、どんなに弱っていても、今の私を絶対に受け入れてくれなかったと思うわ……」

だが、現在、ほぼ寝たきりになった父は、認知症の症状が出始めているという。

父の記憶《きおく》からは、ひとり息子が海外赴任先で、突然、ドラァグクイーンに目覚めたことは完全に抜け落ちているらしい。

「父はね、今でも私が証券会社に勤めていると思い込んでいるのよ」

それで、スーツだったのか。

柳田は、先の旧友のビジネスマン然としたいでたちに納得する。秘密の逢引きでもなんでもない。シャールはひととき昔の「清澄」の姿に戻り、病床の父を見舞っていたのだ。

「話を合わせるのが結構つらくてね……」

自らも病気を抱えながら父を見舞うシャールの話を聞くうち、柳田は段々胸が痛くなってきた。

それまでずっとエリート路線を歩いてきた旧友が、今の姿になる決心をしたのも、元は自身の病気の発覚が原因だった。だが、シャールは、それを未《いま》だに自分の家族に打ち明けることができずにいる。

「結局本当のことをなにも話せないまま、父を見送ることになりそうよ」

お茶を片手に、シャールが寂《さび》し気《げ》な笑みを浮かべた。

「なにもかもを、つまびらかにする必要はないだろう」

柳田は、それだけ言って口を閉じる。

たとえ家族であっても、すべてを分かり合えるというわけではない。互いに深く思い合っているからこそ、うまくいかないこともある。

もし柳田がシャールの父の立場であったとしても、ひとり息子がエリート路線を外れて〝おかま〟なんかになることは、断じて許せなかったに違いない。

なぜなら、それが息子の幸福につながるとは、到底思えないからだ。

親が子供の幸福を慮《おもんぱか》るのは当然だ。みすみす不幸になると分かっていて、それを認める親はどこにもいない。

〝追いつめないで。理解しなくてもいいから――〟

ふいに、随分昔、この男にそう言われたことを思い出した。

なぜかそこに、必死にこちらを見つめてくる真紀の眼差《まなざ》しが重なった。

駄目だ、駄目だ。それとこれとは話が違う。

柳田は小さく首を横に振る。

娘の真紀は、眼の前の旧友とは違い、まだ十代だ。少なくとも、世間の厳しさや、物の道理をわきまえている年齢ではない。

世間知らずの思い込みを、そう簡単に認めるわけにはいかない。それは物分かりのよさではなく、単なる無責任というものだ。

「順番とはいえ、私たちも歳をとったということね」

シャールの呟きに、考え込んでいた柳田は我に返った。

どこか遠くを見つめながら、シャールはカップのお茶を啜《すす》っている。

「あなたのご両親はお元気なの?」

「ああ、うちはまだ、かみさんとこも含めて特に変わったことはないな」

尋ねられ、柳田は頷いた。

同じく教員だった柳田の両親は、今では引退して房総《ぼうそう》に引っ越し、自家菜園で趣味の野菜作りをしている。

二人とも高齢で、母には糖尿病《とうにょうびょう》の持病があるが、まだ入院には至っていない。

若い頃はいろいろあったような気もするが、両親も自分もすべてを忘れたように、会えば和気《わき》藹々《あいあい》と過ごしている。

「なんだか家の近くに畑を借りて、無農薬の野菜作りとやらに精《せい》を出してるよ」

「それは、なによりだわ」

シャールが柔《やわ》らかく微笑む。

その笑みを眺めながら、柳田はチヂミを口に運んだ。

ふと、中学時代、ほんの時折、こうして一緒に弁当を食べたことを思い出す。

あの頃、同じ制服に身を包んでいた文武両道に秀でた人望のあるクラスメイトが、まさか人生の半分を過ぎたところで、女物のドレスを纏うようになるとは、夢にも思っていなかった。

しかし、かつてニューヨークに駐在していたエリートサラリーマンからドラァグクイーンへと驚天動地の転身を遂げた旧友に比べれば、教員の家庭に育ち、同じく教員の道を進んだ自分は、なんとも地道なものだ。

この男が目一杯享受《きょうじゅ》したらしいバブル時代の絢爛《けんらん》と狂騒も、地元中学の教員になった自分の周辺では何事もなく、文字通り揮発していってしまった。

大学時代から交際が続いていた同級生と三十代で結婚し、ひとり娘に恵まれ、職場では教員から学年主任になり、教頭試験に合格した今、ゆくゆくは副校長になることを打診されている。

副校長になれば、次は校長への道が待っているだろう。

なにひとつ常軌《じょうき》を逸《いっ》することがなく、なにもかもが順風満帆で――。

その実、冒険のない人生だ。

結局自分の行く末は、地元中学の校長か。

女装の友人の先行きは未だにひとつも想像がつかないけれど、自分の将来は簡単に透けて見えている。

予想がつくものは安全だが、その実、退屈であることは否めない。

けれど多くの人間が、頭の片隅《かたすみ》ではドラマティックな冒険を求めながら、実際には退屈なハッピーエンドを目指して生きていくのではないだろうか。

自分を特別だと思い込むほど、危なっかしいことはない。

校長への道が見えている自分は幸せだ。この上なく、幸運だ。

老いた両親だって、ひとり息子が地元の中学の校長になれば、きっと喜ぶに違いない。

いつしか己にそう言い聞かせている自分に気づき、柳田は急に居心地が悪くなった。

傍らでは、カップを持ったシャールが軽く目蓋《まぶた》を閉じ、夜の時間に身を任せるようにして静かなクラシック音楽に耳を澄ませている。


テレビのバラエティー番組のにぎやかな話し声だけが、リビングに流れる。

スタッフばかりがおおげさに笑いたてている、たいして面白くもない内輪受けのトークショーを見るともなしに眺めながら、柳田は黙々と箸を口に運んだ。

今晩の柳田家の食卓は鍋ではない。切り干し大根の煮つけ、肉じゃが、手羽先の照り焼き……。メニューだけ並べれば理想的な家庭料理に思えるが、実際にはそのほとんどが、孝子が勤めるスーパーの惣菜コーナーの売れ残りだ。

肉も玉葱もじゃが芋も、全部同じ調味料の味がする肉じゃがを柳田は無言で咀嚼した。

テーブルの向こうでは、真紀がやはり黙って味噌汁《みそしる》を飲んでいる。

修学旅行が終われば、またもや不毛なやり取りが続くのかと思っていたが、たまに早く帰ってきて食卓で顔を合わせても、真紀が新たになにかを言ってくることはなかった。

だからといって、真紀が己の無謀に眼が覚めたかというと、そういうわけでもなさそうだった。一層強情な気配が、無言で食事をする娘の身辺から漂っている。

孝子は相変わらず中立を保ち、何事もないかのようにテレビを見ながら手羽先を齧《かじ》っていた。

「ごちそうさま」

やがて真紀が箸を置き、自分の食器を重ねた。食器を流しに運びながら、孝子の顔だけを見やる。

「お母さん、後片付けは私がやっとくから、食事が終わったら声かけて」

それから柳田を一顧《いっこ》だにせず、リビングを足早に出ていった。廊下を歩く足音に続き、自室の扉を閉める音が響く。

柳田はなんとなく詰めていた息を吐いた。

声高に反抗されるより、仏頂面で無視を決め込まれることのほうが、やりにくいことこの上ない。

「なんなんだ、あの態度は」

思わずこぼせば、孝子が小さく苦笑した。

「だから、もう少し、ちゃんと話を聞いてあげればいいじゃない」

「本気で言ってるのか」

柳田が眉をあげると、孝子は頷いた。

「だってあの子、修学旅行から帰ってきてから、あんなに熱中していたテニス部も引退して、毎日独学で物理基礎に取り組んでるみたいよ」

なんてこった——。

柳田は天を仰ぎたくなる。

三泊四日の修学旅行は、冷却《れいきゃく》装置としての役割を果たすどころか、却《かえ》って真紀の無謀を焚《た》きつけるきっかけになったらしい。

孝子によれば、毎晩、仲のよい友人たちから、「夢に向かってがんばれ」「ここであきらめるな」と散々無責任極まりない励《はげ》ましを受けてきたというのだ。

ここで死ぬ気でがんばって、将来本当にイルカの研究者になれば、ハワイの研究所で件《くだん》の日系青年と運命の再会を果たすことになるやもしれない——。

「ないない、そりゃあ、ないだろう！」

そこまで話が及んだとき、柳田は思わず大声をあげた。

「第一、その日系男は独身なのか？　もう結婚してるかもしれないじゃないか。大体、どんなに丁寧で優しかろうと、そんなの接客だろうが。ただでさえ、海外の男はやたらに物腰が柔らかくて、女に愛想がいいんだから」

「そんなの、あの子だって本当はちゃんと分かってますよ。分かった上で、夢を見るのが楽しいんじゃない」

理解できない。

だが忘れていた。女とは元々こういう訳の分からない妄想《もうそう》をするものだった。三日間も女だらけの部屋で寝泊まりさせていたのでは、妄想が暴走したのも、致し方のないところなのかもしれない。

しかし、そもそもこんな意味不明の妄想をほとばしらせている時点で、理論的な物理が手に負えるとは到底思えない。

「ねえ、お父さん」

うんざりした溜め息をついている柳田に、孝子が改まって声をかけてきた。

「お父さんが勉強をみるのが嫌なら、冬休みの間だけでも、あの子を物理と数学の集中講座に通わせてやったらどう？　そこで本物の理系学生たちに交じって勉強すれば、あの子だってさすがに眼が覚めるでしょう」

孝子の提案に、柳田は呆れる。

「そんな無駄なことをさせてる余裕があるか」

「費用のことなら、私のパート代でなんとかします」

だが孝子は、なかなか引き下がろうとしなかった。

「だってあの子、お正月にどこかにいくのも我慢して勉強するって言ってるのよ。健気《けなげ》じゃないの。来年はどうせ受験で無理だから、今年が遊べる最後の機会なのに。その分の費用を、予備校の集中講座に当ててあげてもいいんじゃない？」

わざわざ挫折《ざせつ》するために、予備校に通うのか。まったくもって、非論理的もいいところだ。

「無駄無駄」

柳田は首を振ると、食卓に新聞を広げる。

「そんな無駄なことをさせてるうちに、肝心《かんじん》の英文が遅れをとったらどうするんだ。来年の今頃、どの大学の模試でもC判定が出たりしたら、取り返しがつかないぞ。ただでさえ、今は就職が困難なんだ。我々のときのように、浪人《ろうにん》やら留年やらが、そうそう簡単に許される時代じゃないんだぞ」

「そりゃあそうかもしれないけど……」

孝子は少し言いよどんだ末に、けれど、きっぱりと続けた。

「でも、若いうちは、そういう無駄があってもいいと思うのよ」

いつになく強い眼差しで、孝子は柳田を見る。

「むしろ、若いうちは無駄が必要よ。お父さんのほうこそ、いつも杓子《しゃくし》定規なことばかり言ってないで、たまには融通を利かせたらどう？」

「は？」

矛先《ほこさき》が自分に向いてきたことに、柳田は顔をしかめた。

「どういう意味だ」

「言葉通りの意味ですよ。大体、お父さんは、いっつも正論ばかりで面白くないんですよ」

言うなり、孝子は立ち上がる。

「はいはい、もう食べ終わったんなら片付けますよ。毎晩、ごちそうさまも言わないで新聞読み出すんだから」

ぷりぷり怒りながら、孝子は乱暴に柳田の食器を重ね始めた。

ごちそうさまを言う相手は、スーパーの惣菜売り場か。

喉元まで出かけた言葉を押し戻し、柳田も席を立った。これ以上実のない言い争いを続けたところで、疲れるだけだ。

柳田は新聞を手に廊下へ出た。二階の書斎《しょさい》へ向かう途中、真紀の部屋の前を通りかかる。部屋はぴったりと閉ざされ、中からはなんの物音も聞こえなかった。

ふと、真剣に机に向かっている娘の背中が脳裏をよぎる。

柳田は軽くかぶりを振り、そのまま二階に上がった。

書斎の椅子に腰かけ、心置きなく新聞を広げる。

苛《いじ》め、虐待《ぎゃくたい》、殺人、テロ……。今日も世界は、恐怖と不幸と理不尽で一杯だ。

毎日毎日、こんな悲しみのニュースを眼にしながら、我々は一体、明日になんの希望を抱けばよいのだろう。

虚無的な思いが胸に広がったのも束の間、柳田は文字通り情報としての記事を眼で追い始める。嘆きも悲しみもなく、ただ事実だけを伝える簡潔《かんけつ》な文章を、柳田もまた現実として受けとめていく。

やがて、読んでいて一番気がまぎれるスポーツ欄《らん》を開くと、先の陰惨な出来事は呆気なく、サッカーや相撲《すもう》やゴルフの勝敗に塗《ぬ》り替えられてしまった。

所詮、一個人が受けとめる現世《うつしよ》などこんなものなのか。

一日の情報を網羅した紙面をめくりながら、柳田は息を吐く。

新聞を通して見る世相と、自分が生きている時間は、よくも悪くも隔世《かくせい》の感がある。言い換えれば、大きな社会から見た己の生活など、あってなきがごとしの存在だ。

一個人が受けとめる現世が空虚なら、大きな社会から見た一個人の人生はただの幻《まぼろし》か。

柳田はふと新聞をめくる手をとめた。

壁沿いに備えつけられた本棚に眼をやれば、長い教師歴と同じだけの卒業アルバムがびっしりと並んでいる。

初めて教壇を踏んでから、二十八年。最初の教え子は、今ではもう不惑を過ぎている。

そこには夢や幻ではない、柳田が教員として過ごしてきた時間があった。

〝私たちも歳をとったということね〟

先日のシャールの言葉が甦り、柳田は微かな感慨を覚えた。

長い教員生活の中では、いろいろなことがあった。手のかかる生徒もいれば、様々な問題を起こす生徒もいた。新聞に載るような陰惨な事件こそなかったが、小さな苛めや暴力は、教室という狭い水槽《すいそう》の隅にはびこる水ぬめりのように、どれだけ注意しても完全に消え去ることはなかった。

そうした中、元より熱血教師というタイプではない柳田は、特定の事例や生徒に肩入れすることもなく、淡々と歳月を重ねてきたつもりだ。

正論、建前、杓子定規のなにが悪い。それは教師にとって、一種の武装でもある。

しかし、長きに亘る教員生活の中で、すべてにおいて杓子定規に物事に当たってきたかと問われれば、そうとばかりも言い切れなかった。

自分でも、よくあんなことを通したなと思い返す出来事が、まったくなかったわけではない。

昨年、璃久《りく》たち一年生を引き連れて、東北の仮設訪問を行なったことも然《しか》り。かつて水泳部の初代顧問だった時期には、もっと思い切ったことをした。

つまりは、自分とて、なにひとつ融通を利かせずにやってきたわけではないということなのだ。

ただ、それが本当に正しかったのかどうかは、今でもよく分からない。

所詮は、分からないのだ。

生徒たちの日々はそこで終わるわけではなく、その先もずっと続いていく。

ほんの一時期を並走するだけの教員に、真の正否が分かるはずがない。だからこそ、自分たちは正論というマニュアルに則《のっと》って指導を重ねていくしかないのだろう。

「教師もおかまも神さまじゃない、か……」

随分昔、旧友に言われた言葉を思い返し、柳田は椅子に凭《もた》れた。


十二月に入ると、街はどこもかしこもクリスマスムード一色になる。

どこの並木も植え込みも、きらららかな豆電球で一杯だ。街が明るく綺麗《きれい》になるのは結構なことだが、消費される電力のことを考えると柳田は複雑だった。

「まあ、今はLEDとか、省エネタイプの電飾が増えてますから、ひと昔前に比べれば電力消費もそれほどではないと思うんですよ」

柳田の意見に、漫画家青年がもっともらしく反論する。途端に、ジャダが口を尖らせた。

「あら、この件に関しては、あたしも珍しくオッサンに同感だわ。でもね、あたしが言いたいのはね、電力のことだけじゃなくて、こういうきらきらした街の中だと、独り身の寂しさが益々募るってことなのよ～」

「分かるぅ」

OLとお針子軍団から、一斉に共感の声があがる。

「ああ、あたしも恋がしたいわ～」

「やめんか、近所迷惑だ」

柳田が身悶《みもだ》えするジャダを一喝すると、今度はどっと笑い声が沸き起こった。

「なによ！　どうして、あたしが恋をすると近所迷惑なのよ。なに、皆して笑ってるのよ。酷いわ、マナチーまでぇ」

ジャダが騒げば騒ぐほど、笑い声がさざ波のように部屋の中に広がっていく。

この日、特別に用意された大きなテーブルを囲み、柳田は「マカン・マラン」の常連たちと談笑していた。

深夜カフェに集まってくるのは大抵がひとり客で、普段はそれぞれが好みの椅子に座って各々ゆるりとした時間を過ごすのが定番だが、ごくたまに、こうして大きなテーブルを一同で囲むことがある。それは、大概、誰かが特別な差し入れを持ってきたときだ。

この日は、「マナチー」と呼ばれている若いＯＬが大量のパンを携《たずさ》えてやってきた。

なんでも最近パン教室に通い始め、週末、ひとりでは食べきれない量の練習用のパンを焼いているのだという。

フランスパン、全粒粉《ぜんりゅうふん》のクルミパン、クロワッサン、ライ麦パン、ドイツ風の黒パン……。とても素人《しろうと》が焼いたとは思えない本格的な主食パンが、木目の入った大皿に盛られていた。パンの隣には、オリーブオイル、ハーブソルト、レモンソルトなどの小皿が添えられている。

ジャダがトースターでパンを温め直している傍らで、柳田たちは次々と語り手が変わるささやかな話題に花を咲かせた。

本来、柳田は常連同士が鼻をつき合わせることなど好きではない。この店でなかったら、絶対にそんな中には加わらなかったと思う。

普段職場で、あまりかかわりたくもない人間ともかかわらざるを得ない以上、それ以外の場所で上辺だけの相槌《あいづち》など打ちたくもないからだ。

それでも、世代も性別も境遇もまったく違う、名前すらよく知らない彼らときわめて自然に会話を交わすことができるのは、この非現実的な店に入った途端、彼らもまた、しがらみとか見栄とか虚勢とかいった生臭いものを、全部さっぱりと脱ぎ捨てているからかもしれなかった。

「お待ちどうさま」

そこへ、花柄のキッチンミトンで大鍋を持ったシャールが、品のよい奥さまふうの女性と一緒に現れた。

「蕎麦《そば》の実入りのミネストローネよ。蕎麦の実には血管を若返らせてくれる効果があるの。ビタミンEもたっぷりだし、ニンジンとトマトのベータカロテンと一緒に摂れれば、美人効果間違いなしよ」

シャールの解説に、ジャダを始めとするお針子軍団とOLから歓声があがる。

茹《ゆ》でたカリフラワーと松の実とアンチョビのディップ、アボカドのアイオリソース、赤玉葱とじゃが芋のサラダ等、パンによく合う付け合わせは、奥さまふうの女性が作ったものらしい。

この女性は、元は店にクレームをつけにきていた教育ママグループの一員だというのだから、シャールの〝人たらし〟は相変わらずたいしたものだ。

フリルをたっぷりとあしらったワイン色のナイトドレスを纏っている旧友の横顔をそっとうかがっていると、ふいに妖艶な流し目を見舞われた。だから、やめろ。

「うーん、美味しい～っ」

トーストした全粒粉のパンに、カリフラワーのディップを載せて頬張ったジャダがうっとりとした声をあげる。柳田も早速、クルミパンを手に取った。

「これ、試してみて」

シャールから手渡された小皿に載っていたのは、とろとろになるまで蒸《む》し焼きにした大蒜《にんにく》だった。それを豆乳《とうにゅう》バターと混ぜて、熱いパンの上に載せてひとくち齧る。

「むうっ……」

思わず唸り声が出た。顎《あご》の付け根の唾液腺《だえきせん》を直撃する、ストレートな美味しさだった。

「シャールさん、こっちのパン、動物性油脂使ってませんから、安心して食べてください」

「あら、ありがとう」

ＯＬの気遣《きづか》いに、シャールが嬉しそうな笑みを浮かべる。

「このソースは、なにでできているのかしら。どこかで食べたことがあるような気もするけど、初めての美味しさだわ」

クリスマスローズのバレッタで白髪をまとめた老婦人が、新顔の女性に問いかけた。

「焼き茄子《なす》のディップなんです。トルコでは定番の家庭料理なんですよ。酸味のある黒パンに合うんです」

「まあ、焼き茄子。どこかで食べた味だとは思ったけど、料理の仕方ひとつで、随分、お洒落《しゃれ》になるのねぇ」

老婦人が少女のように瞳を輝かせる。前々から思っていたのだが、この高齢の婦人はどことなく儚《はかな》げで、なんだか今もって乙女《おとめ》のようだ。

パンにスープにディップにサラダ……。シンプルなのに、大きなテーブルに所狭しと並べられた料理は、種類豊富で色鮮やかで食欲をそそるものばかりだった。

いつもの賄いとはひと味違う、こうしたパン・パーティーも悪くない。

「ねえねえ、マナチー。こんな玄人《くろうと》顔負けのパンが焼けるようになっちゃって、もしかして、パン職人にでもなるつもり？」

ジャダに尋ねられ、ＯＬは「うーん」と首を傾《かし》げた。

「実はそこまでは考えてないの。パンを焼くのは楽しいけど、これが本当に職業になるのかどうかは分からないし。今はもう少し、同じところで派遣《はけん》を続けようかなって思ってる。本好きの仕事仲間もできたし……」

ＯＬは少し照れくさそうに頬を赤く染める。

派遣——か。

具だくさんのミネストローネを啜りながら、柳田はＯＬを見やった。柳田から見れば充分若いが、このＯＬだって、そろそろ三十近いだろう。それでも定職につかずに、こんなふうにモラトリアム的にパンを焼いたりしているわけか。

でももしかしたら、今はそういう働き方が当たり前なのだろうか。いつまでも正社員に終身雇用の幻を見ている自分は、あまりに時代遅れなのだろうか。

セミロングの髪を肩先で揺らしているＯＬに、ふと真紀の姿が重なった。

三十近くになっても将来を決め切れずに迷っているなら、今の真紀の見当違いの情熱を認めなくても、もしかしたら結果はたいして変わらないのではあるまいか。

今夜、真紀は孝子と二人で、目下夢中になっているアイドルが主演する舞台を見にいっている。相変わらず独学で苦手な理系の問題集に取り組んでいる真紀を、孝子が気分転換にと連れ出したのだ。

「まったく、娘ってのは、なにを考えてるか分からないな……」

詳細までは控えたが、食事が進むにつれ、柳田はつい、ひとり娘の反抗的な態度についてこぼしていた。

「ああ、女の子の反抗期のほうが、地味なだけ長引く気がする。まあ、俺なんて、万年反抗期みたいなもんですけど」

漫画家青年の気楽な発言に続き、ＯＬが何気なく口を開く。

「私、今でもお父さん、苦手」

なにっ――！

その真実味のある呟きに、柳田は戦慄《せんりつ》する。

男親に対する娘の嫌悪《けんお》感というものは、そんなにも永続するものなのか。

「親の心、子知らずだな」

思わず憤慨すれば、しんみりした声が響く。

「子の心、親知らずということだってあります……」

新顔の奥さまふうの女性が、そっと下を向いていた。

ふいに会話が途切れ、沈黙が流れた。見回せば、全員がそこはかとなく身に覚えがあるような顔をしている。

「親子って難しいのよ。一番近くにいる他人ですもの」

シャールのひと声が沈黙を破った。

寂し気な微笑みを浮かべ、シャールはカウンターの上の観葉植物の葉を撫《な》でている。

「親子が他人のわけないだろう」

すかさず言い返すと、「あら、それもそうね」とシャールは豪快に口をあけて笑った。

それでようやく、場にこもっていた沈鬱《ちんうつ》な空気が解《ほど》けていった。

「んもう、理屈っぽいオッサンね。そんなんだから、娘に嫌われるのよ」

　早速ジャダが、にぎやかに喋り出す。

「でもさぁ、こう日が短くなってくると、確かになんだか寂しくなるのよね。あたしも実家なんかできるだけ帰りたくないけど、それでも家族でお鍋とかが恋しくなるのよぉ」

「家族鍋なんぞ、実際にはたいした団欒にもなりゃしないけどな」

「クリスマスなんていう余計なものまでやってきちゃうし、やっぱり独り身は寂しすぎるわ」

　柳田の呟きは完全に無視し、ジャダは冒頭の話題に戻っていった。

「いいっすよねぇ、恋」

「そうよ、恋よ恋！」

　漫画家青年の軽々しい相槌に、ジャダは両腕で全身をかき抱く。

「あたしだって、秘密の逢引きとかしてみたいのよ」

「えーっ、秘密の逢引きってなんですか」

　ジャダの勘違いに、女性陣が一斉に食いついてきた。

「おいおい……」

　真実を知っている柳田がとりなそうとしたとき、ふいに部屋のどこかから、固定電話の呼び出し音が鳴り響いた。

　全員がハッとする。

　時計を見れば、二十二時を過ぎている。深夜の固定電話の呼び出し音には、どこか不吉な響きがあった。

　シャールがナイトドレスの裾《すそ》を翻《ひるがえ》して部屋の奥に去っていくのを、柳田は不安げに見送った。

余ったパンを持ち帰り用に包み、女性陣を男性姿に戻ったドラァグクイーンたちに送らせ、ひと息ついたときには二十三時を過ぎていた。

ジャダに厨房の後片付けを任せ、柳田は廊下で息をついた。

長年学年主任をしてきたせいか、こういうときはつい指揮を執ってしまう。いささか厭世《えんせい》的な半面、非常時に比較的強い自分は、やはり根っからの教員なのかもしれない。

柳田が指示を出している間に、シャールは慌ただしく出発の準備を整えた。

ある程度の覚悟をしていたのか、或《ある》いは柳田たちの手前か、シャールは落ち着いていた。

先程、シャールの父が臨終を迎えた。

深夜の電話は、それを知らせる病院からの連絡だった。漫画家青年が携帯《スマホ》で路線検索《けんさく》し、この時間でも小田急線の急行ならば、小田原行きの終電に間に合うことを調べた。

化粧《けしょう》を落とし、ドレスからスーツ姿に着替えたシャールは、トレンチコートを羽織《はお》り、喪服《もふく》を詰めたトランクを持って、駅へと向かっていった。

誰もいなくなったリビングを眺め、柳田は自分もコート掛けからダウンジャケットを手に取る。

「それじゃ、俺も帰るからな」

厨房に声をかければ、洗い物の手をとめて、クリスタと呼ばれている中年男がやってきた。

「柳田先生、いろいろありがとうございました。先生がいてくれて助かりました。こういうとき、私たちだけだと、わたわたするばっかりで……」

丁寧に頭を下げられ、柳田は却って恐縮する。

「いや、私はなにも」

「いえ、シャールさんも、きっと心強かったと思います」

本当に――そうであってくれればよいのだが。

クリスタの言葉に、柳田はコートを着て去っていく、シャールの淡々とした横顔を思い返した。

〝結局本当のことをなにも話せないまま、父を見送ることになりそうよ〟

いつかのシャールの寂し気な呟きが耳朶《じだ》を打つ。

厨房を覗き込むと、ジャダが無言で皿をふいていた。

なにも知らされていなかったらしいジャダは、眼を赤く泣き腫《は》らしていた。

玄関で靴《くつ》を履き、柳田は表に出た。

十二月の深夜の外気はさすがに寒く、吐く息が白くなる。空には大きなオリオン座とシリウスが輝いていた。

柳田は白い息を吐きながら深夜の商店街を足早に歩き、自宅に向かった。

できるだけ静かに鍵《かぎ》をあけたつもりだったが、玄関の扉を開くと、すぐに眠そうな眼をした孝子が現れた。

「随分、遅かったのね」

「ああ、悪い。ちょっと、いろいろあってな……」

柳田は土産《みやげ》のパンを孝子に渡し、靴を脱いで廊下に上がった。

孝子に先に休むように告げてから、二階の書斎に向かう。途中の真紀の部屋からは、微かに灯りが漏れていた。

まだ机に向かっているらしい娘の気配に、柳田はそっと視線を伏せた。


それから二週間後の夜。

常連たちの香典《こうでん》をまとめて預かった柳田は、法要を終えて戻ってきたシャールの元へ向かった。

クリスマスを数日後に控え、商店街の街灯にも、申し訳程度に電飾が絡められている。

控えめに点滅する電飾の中、柳田は白い息を吐きながら歩を進めた。木枯《こが》らしが吹きつけてくるたび、身を縮める。分厚いコートを着ていても冷気が、染み入ってくるようだった。

細い路地に分け入っていくと、見慣れた一軒家にたどり着く。今夜は通常営業をしていないためか、いつものカンテラは出ていなかった。

呼び鈴を押しながら、柳田は中庭のハナミズキがすべての葉を散らしてしまっていることに気がついた。

見上げれば、今日は月も星も見えない。重たい雲が、夜空を厚く覆いつくしている。

長い冬が、始まっているのだ。

やがて、廊下をみしみしと踏む音が響き、重たい木の扉があけられた。暖められた空気と同時に、なにかのよい匂いが漂ってくる。

「ういーっす」

玄関の扉の奥に、角刈《かくが》り頭にバンダナを巻いたジャダが、キジトラの猫を抱いて立っていた。

「御厨は？」

「奥よ」

ジャダはくるりと踵《きびす》を返す。

玄関先でスリッパに履き替え、柳田はジャダの後に続いた。

先を歩くジャダの腕から猫が身をよじって抜け出し、ぽんと廊下に降り立った。しんとした部屋の中に、猫の足音が微かに響く。

猫は尻尾を立てて、廊下のつきあたりのいつもの部屋に入っていった。

「あたしは準備があるから、先にいってて」

「おい」

厨房に入ろうとするジャダを、柳田は引き留める。

「まさかまた、お前が料理するつもりじゃないだろうな」

「大丈夫よ。今回は、途中までオネエさんと一緒に作ったんだから。あたしの器用を信じなさいよ。そんなことより……」

ジャダは柳田の腕をぐいとつかむと、小声で囁いた。

「オネエさんをしっかり慰《なぐさ》めてよね」

小田原から帰ってきて以来、シャールは少し落ち込んでいるという。

「でもあいつ、ちゃんと喪主を務めたんだろ」

「うん。仮の姿でね」

言い捨て、ジャダは暖簾をくぐって厨房に入っていった。

シャールが実父から縁を切られていたことは、親戚たちにも薄々知られていたらしい。その中で喪主を務めた旧友は、二重に心痛を味わったのかもしれない。

つきあたりの部屋に入ると、シャールがカウンター席に座ってひとりでお茶を飲んでいた。黒いターバンを巻き、同じく黒のナイトドレスを纏っている姿は、中世の物語に登場する寡婦《かふ》のようだった。

先に部屋に入っていった猫は、ひとりがけソファの上で丸くなっている。

「大変だったな」

柳田はコートの内ポケットから預かっていた香典を取り出した。

「わざわざすみません」

常連たちの名前が書かれた香典袋を、シャールは深々と頭を下げながら受け取った。そして柳田がコートを脱ぐのを待ち、いつものお茶を淹《い》れ始めた。

湯気と共に、シナモンとジンジャーの香りがふわりと立ち昇る。

最初は妙な味のお茶だと思ったが、いつしかすっかり飲み慣れてしまった。シャールが煎《せん》じてくれるお茶は、夏はほてりが引き、冬は体が温まる。ハーブとスパイスの効果だというが、どことなく秘薬めいたお茶だった。

「大丈夫なのか」

隣のスツールに腰かけながら問いかけると、シャールが穏やかな笑みを浮かべる。

「大丈夫よ。心配かけたわね」

遺言《ゆいごん》に則り、シャールの父は故郷の墓ではなく、母と同じく都内の永代《えいたい》供養の墓苑《ぼえん》に埋葬されることになるという。

「母が亡くなったとき、父は覚悟してたのね。私が所帯を持つことも、子孫を残すこともないことに」

お茶を淹れ終えたシャールがそっと呟く。

「今はそういう家が増えてきていると聞いている。上京して何世代も経っている家庭だって多いんだ。いつまでも、子供に墓守をさせる時代でもないんだろう」

差し出されたカップを受け取り、柳田は率直な意見を述べた。

シャールたちのようなトランスジェンダーに限らず、今は独身者や、子供を持たない夫婦も多い。先祖代々の墓を守るほど、日本の家制度はもはや盤石《ばんじゃく》ではないのだ。

「俺は別にそれが悪いことだとは思わない」

今は多様な生き方が認められるべき時代だ。

柳田とて、墓を守らせるために娘の真紀を縛りたいとは思わなかった。

「そうね。……でも、父はやっぱり、寂しかったでしょうね」

しかしそう言われると、柳田もそれ以上のことは言えなくなった。

二人が黙ると、キジトラの猫がたてる微かな寝息が聞こえてきた。

「さあ」

シャールがぽんと手を叩く。

「湿っぽい話はここまでにして、お夜食にしましょうか」

スツールを降りると、シャールはカウンターを回り込んだ。その瞬間、ぐっすり眠っていたはずの猫がぱっと顔を上げる。そして現金なほどの足取りで、厨房に向かうシャールの後を追っていった。

しばらくすると、カウンターの奥から、出汁の良い匂いが漂ってきた。

トレイの上に三つの丼を載せたシャールに続き、ジャダが得意顔で現れる。丼の中には、具だくさんのうどんが盛られていた。

「お、美味そうだな」

「でっしょー。あたしの器用は神さまのお墨付きなのよ」

ジャダが鼻高々で、うどんの入った丼をカウンターに並べる。

「すべての手柄を横取りできる、お前の単純さが羨《うらや》ましいよ」

柳田が呆れると、ジャダはくるりと血相を変えた。

「なんだと、こら、やんのかオヤジ！」

バンダナを脱ぎ捨てようとするジャダに、シャールが「はいはい」と掌《てのひら》を叩く。

「でも、今回は本当にジャダががんばったのよ」

「ほら、聞いたか、オッサン」

「御厨、お前がそうやって甘やかすから、こいつがつけあがるんだ」

「なんだと、こら」

なにかと角を突き合わせる柳田とジャダを遮《さえぎ》るように、シャールが声をあげた。

「そんなことより、二人とも、今日がなんの日か分かってるの」

「今日……？」

クリスマスの何日か前だろう、と言いかけて、柳田はふいに思い当たる。

「冬至《とうじ》か」

「その通りよ」

シャールが満足そうに頷いた。

「冬至って、夜が一番長い日だっけ」

「その通り」

ジャダに向かい、シャールが再び頷く。

「それじゃあ、柳田。あなた、冬至の七種《ななくさ》って知ってるかしら」

「冬至の七草ぁ？　春の七草じゃないのか」

あの、雑草を食う日だろ、と続けると、「嫌ね」と肩を叩かれる。

「春の七草は野草であって、雑草じゃないわよ。情緒《じょうちょ》のない人ね。でもね冬至のななくさって いうのは、春と違って、七つの種と書くの」

丼のうどんの具を指し示しながら、シャールが説明を始めた。

「ニンジン、レンコン、ギンナン、カンテン、キンカン、ナンキン……南瓜のことね、それから ウドン。これが冬至の七種よ」

「へえー。それでオネエさん、さっき、全部の具が入るようによそってねって言ったんだ」

ジャダが眼を丸くする。

「なんだ、お前、分かってなかったのか」

「ああん？　お前だって分かってねえだろが、こら」

二人のやり合いには取り合わず、シャールが説明を続けた。

「ウドンはウンドンでね、全部の種にンが二回入るのよ」

その言葉に、ジャダが箸で具を数え出す。

「ニンジン、レンコン、ギンナン……。あら本当だ」

「どうして、ンが二回つくかっていうと、冬至は一陽来復《いちようらいふく》、陰《いん》極まりて、陽《よう》に帰るって言ってね、一度終わりきったものが再生する日だからなの」

「へえー、面白ーい」

単純に感嘆するジャダに、柳田は鼻を鳴らした。

「最後のウンドンってのは、こじつけだろ。ウドンのンは一回じゃないか」

「本当に、うるせえオッサンだなぁ！」

再びつばぜり合いを始めた柳田とジャダを華麗に無視し、シャールは箸を取る。

「さあ、食べましょう。これはね、冬至の七種を入れた特製のおうどんなのよ」

それから三人で、黙々とうどんを啜った。具だくさんのうどんはかつお出汁と根菜の旨みが沁《し》みていて、とても美味しかった。

なによりも深々と冷える夜に、体が芯《しん》から温まった。

「あのさ、オネエさん」

ほとんどうどんを食べ終えたところで、ジャダが口を開いた。

シャールが眼で「なに」と聞き返す。

「あたしがいるから」

その言葉に、柳田もハッとした。

「オネエさんには、あたしがついてるから」

言い終えるなりジャダは一気に汁を飲み干し、空《から》の丼を手に、カウンターの奥へと消えていった。

カウンターがしんとする。

柳田が丼の中に残ったキンカンの種を見つめていると、足元に温かいものがすり寄ってきた。

見れば、厨房で餌を食べていたらしいキジトラの猫が戻ってきていた。猫はごろごろと喉を鳴らしながら、柳田の足に身体をすり寄せてくる。

親子は一番近くにいる他人。

手を伸ばして猫の背を撫でながら、柳田は先日のシャールが口にした言葉を思い返した。

ようやくその言葉の本当の意味が分かる。

親の心子知らず。子の心親知らず。

たとえ親と子であっても、ひとりひとりが別の人間だ。

その人生を、他の誰かが負うことはできない。

とはいえ、人の子の親である柳田には、シャールの父の気持ちも分かる。

万一、自分の子供が、生まれた性に違和感を唱え始めたら、親はそれをそう簡単に認めることができるだろうか。

しかし、シャールやジャダのことと真紀のことを秤《はかり》にかけ、どちらが「まし」などと考えるほど、自分は愚かではないと柳田は思う。

それに、シャールのことも、ジャダのことも、真紀のことも、今でも自分は等しく認められない。理解もできないし、したくもない。

それでも、きっと、見守るしかないのだろう。

恐らく自分が認めなかろうと、理解しなかろうと、娘には娘の人生があり、その責任のすべては最終的に娘自身が負っていくしかないのだから。

だとしたら、たとえ失敗すると分かっていても、その挑戦を選んだ娘を見守ってやるくらいのことしか、親にできることはないのかもしれない。

柳田の心を、一抹《いちまつ》の寂しさが撫でていった。

隣でうつむいている大柄な友人の背中に、柳田はそっと手をかけた。

ひょっとすると、旧友の父が晩年認知症になったのは、天の計らいなのかも分からない。或いは、父親自身の意思で、わざとその症状が出ていたのかもしれない。

だがそれを言葉にすることは、柳田にはできなかった。

代わりに、シャールが口を開いた。

「今日、二人がきてくれて、本当によかったわ。来年は喪中でお正月を祝えないから、冬至を一緒に過ごせてよかったわ」

「一陽来復か」

「そうね」

今日は一年で一番夜が長い。

これから季節は益々本格的な寒さを迎える。

けれど、暗い闇の中には光の種が潜み、寒さの中、その芽を少しずつ伸ばしていく。

「でも、私……、父にはなにひとつ、親孝行ができなかったわ」

シャールが大きな掌で顔を覆った。

「お前は戻ってきたじゃないか」

「え？」

柳田の言葉に、眼を赤くしたシャールが顔を上げる。

「お前は病から、ちゃんと戻ってきたじゃないか」

涙でアイラインを滲ませている旧友の顔を見つめ、柳田は心から告げた。

「子が親より先に逝《い》くことほど、親にとってつらいことはない。でもお前はここに戻ってきて、きちんと親父さんを見送っただろう。それこそが、なによりの孝行だ」

シャールは驚いたように柳田を見返した。

化粧の崩れたその顔に、文武両道に秀で、男子からも女子からも人望の厚かった少年の面影《おもかげ》がよぎる。

そのときふいに、柳田の足元にいた猫が硝子《ガラス》戸に駆け寄った。硝子を掻く猫のために戸をあけてやったシャールが声をあげる。

「あら、雪よ」

冷えるはずだ。

窓辺に寄り、柳田はシャールと並んで空を見上げた。

暗い夜空から、綿のような雪が音もなく落ちてくる。

柳田は、シャールと猫と一緒に軒下に落ちては消えていく雪を眺めた。寒空から次々と舞い降りてくる雪は、儚い人の思いのようだ。一瞬だけ降り積もり、やがては音もなく大地に溶けていく。

こうした儚い思いを積み重ね、中学生だった自分たちは歳を取った。

父を見送った旧友と、娘が大学受験生になる自分。

過ぎ去った歳月を思いつつ、柳田はこれから娘が生きていく長い日々を思う。

恐怖と不幸と理不尽が溢れる世の中で、誰もが一筋縄《ひとすじなわ》ではいかない己の道を歩いていかなくてはならない。

たった一時期のことではあっても、十代の弱い時代を並走する教師という職が、無難でも退屈でもないということを、柳田は本当はとっくに知っていた。

なぜなら自分はもう十七年間も、真紀の親であったのだから。

危なっかしい娘の挑戦を見守ってやろうと、柳田はようやく腹をくくる。認めることはできなくても、それくらいのことはきっとできる。

真紀が本当に望むなら、自分が物理基礎を教えてもいい。これでも出来の悪い生徒はたくさん見てきたのだ。たとえ途中で挫折することになったとしても、それはそれ。

親であることも、子であることも、まごう事なき大いなる冒険だ。

温かな猫を胸に抱き、柳田は暗い空を見上げた。

「もう今年もおしまいね……」

共に歳を重ねてきた旧友が感慨深げに呟く。

「ねえ、ジャダも呼んで、もう一杯、おうどん食べない？」

「そうだな」

頷けば、シャールはドレスの裾をつまんで立ち上がっていった。

大丈夫――。

その後ろ姿に、柳田は密かに告げる。

お前は今年も、多くの人たちの思いを、ちゃんと受けとめてきたんじゃないか。淡雪を溶かす大地のようなおおらかさと温かさで。

その心の姿の正しさだけは、亡くなったご両親だって、ちゃんと知っていたはずだ。

それに。

俺たちは孤独だけれど、ひとりじゃない。

口が裂《さ》けても言えない旧友への思いを、柳田は曲がった臍《へそ》の奥にそっと隠し持つ。

一陽来復。陰極まりて、陽に帰る。

またひとつ、マカン・マランの年が暮れる。

古《いにしえ》から今に至るまで、厳冬は、光の兆《きざ》しを秘めてやってくる。

主要参考文献

『美人のレシピ　マクロビオティック　雑穀編』カノン小林　洋泉社
『マクロビオティックの蒸しパウンドケーキ&焼きパウンドケーキ　野菜と果物でつくる、スイーツとケーク・サレ』今井洋子　河出書房新社
『「心の声」を聴いてみよう！　発達障害の子どもと親の心が軽くなる本』前川あさ美　講談社
『発達障害の改善と予防：家庭ですべきこと、してはいけないこと』澤口俊之　小学館
『子どものADHD　早く気づいて親子がラクになる本』宮尾益知　河出書房新社
『ぼくが発達障害だからできたこと』市川拓司　朝日新聞出版

この作品は書き下ろしです。

この作品はフィクションです。実在する人物、団体等とは一切関係ありません。

古内一絵

東京都生まれ。映画会社勤務を経て、中国語翻訳者に。第五回ポプラ社小説大賞特別賞を受賞し、二〇一一年にデビュー。二〇一七年『フラダン』で第六回ＪＢＢＹ賞（文学作品部門）を受賞。他の著書に『山亭ミアキス』（ＫＡＤＯＫＡＷＡ）、『最高のアフタヌーンティーの作り方』、「マカン・マラン」シリーズ（四巻）、『銀色のマーメイド』、『十六夜荘ノート』（中央公論新社）等がある。

女王《じょおう》さまの夜食《やしょく》カフェ

――マカン・マラン　ふたたび

2016年11月25日　初版発行
2023年２月10日　16版発行

著　者　古内《ふるうち》 一絵《かずえ》
発行者　安 部 順 一
発行所　中央公論新社
〒100-8152　東京都千代田区大手町1-7-1
電話　販売 03-5299-1730　編集 03-5299-1740
URL https://www.chuko.co.jp/

ＤＴＰ　柳田麻里
印　刷　三晃印刷
製　本　小泉製本

Published by CHUOKORON-SHINSHA, INC.
Printed in Japan　ISBN978-4-12-004910-1 C0093

マカン・マラン　二十三時の夜食カフェ

古内一絵

ある町に元超エリートのイケメン、そして今はドラァグクイーンのシャールが営むお店がある。様々な悩みを持つ客に、シャールが饗する料理とは？

単行本